ein Ullstein Buch

Ullstein Buch Nr. 3434
im Verlag Ullstein GmbH,
Frankfurt/M – Berlin – Wien
Titel der Originalausgabe:
THE SUN SMASHER
Aus dem Amerikanischen
von M. F. Arnemann

Umschlagillustration: Schlück
Umschlaggraphik: Ingrid Roehling

Printed in Germany 1977
Gesamtherstellung:
Ebner, Ulm
ISBN 3 548 03434 9

CIP-Kurztitelaufnahme
der Deutschen Bibliothek

Hamilton, Edmond

Die Macht der Valkan :
Science-fiction-Roman /
hrsg. von Walter Spiegl. –
Frankfurt/M, Berlin, Wien :
Ullstein, 1978.
([Ullstein-Bücher] Ullstein-Buch ;
Nr. 3434 : Ullstein 2000)
Einheitssacht.: The sun smasher ‹dt.›
ISBN 3-548-03434-9

ULLSTEIN 2000

Edmond
Hamilton

Die Macht der Valkan

SCIENCE-FICTION-Roman

Herausgegeben
von Walter Spiegl

ein Ullstein Buch

1

Man ist ein ganz gewöhnlicher, normaler Mensch. Man lebt ein wirkliches Leben in einer wirklichen Welt. Und eines Tages bricht diese ganze Welt um einen zusammen, von einer Stunde zur anderen, wie ein Kartenhaus. Man steht vor einem Abgrund, schwarz und unendlich wie der Kosmos, ohne einen einzigen festen Punkt, an den man sich halten kann.

So ging es Neil Banning.

Neil Banning war ein Durchschnittsbürger, einunddreißig Jahre alt, Vertreter eines New Yorker Zeitungsverlags, körperlich und geistig gesund und mit sich und der Welt zufrieden. Er aß drei Mahlzeiten am Tag, mochte seinen Job gern, zerbrach sich den Kopf wegen seiner Steuererklärung und dachte gelegentlich daran, sich zu verheiraten. Er hatte eine Vergangenheit und eine Zukunft, beide klar wie Wasser. Aber das war, bevor er nach Greenville fuhr. Von da an änderte sich alles.

Es war ein reiner Zufall. Auf einer Geschäftsreise kam er in die Nähe des Städtchens in Nebraska, in dem er geboren war. Er folgte einer plötzlichen sentimentalen Anwandlung und beschloß, den kleinen Umweg zu machen und seine Heimatstadt aufzusuchen. Drei Stunden später stieg er in Greenville aus dem Zug.

Es war ein schöner, sonniger Frühlingstag. Ein blauer, wolkenloser Himmel spannte sich weit über die Prärie. Banning trat aus dem Bahnhof und schaute sich um. Die breite Hauptstraße lag friedlich in der Sonne, nur wenige Passanten waren zu sehen. Banning lächelte. Es hatte sich nicht viel verändert. Städte wie Greenville sind zeitlos.

Ein einziges Taxi stand vor dem Bahnhof. Der Fahrer nahm Banning sein Gepäck ab und fragte: »Excelsior-Hotel, Mister? Es ist das beste.«

»Ja. Bringen Sie das Gepäck hin. Ich gehe zu Fuß.«

Der Fahrer sah ihn erstaunt an. »Kostet in jedem Fall fünfzig Cents. Sie können also ebensogut fahren.«

»Ich gehe trotzdem.«

Banning bezahlte die fünfzig Cents.

Der Fahrer zuckte die Schultern. »Es ist Ihr Geld, Mister.« Er fuhr ab, und Banning schlenderte die Hauptstraße hinunter. Der frische Präriewind blähte seinen Mantel.

Er erkannte jedes Haus wieder. Den Futtermittelladen. Das Gebäude der Sägewerksgesellschaft. Hortons Eisenwarenlager. Del Parkers Friseurladen. Das Amtsgericht. Die Molkerei hatte sich ein neues, großes Reklameschild mit einer überdimensionalen Eistüte zugelegt. Die Highway-Garage war vergrößert worden und besaß jetzt noch einen Anbau, in dem Ersatzteile für landwirtschaftliche Maschinen verkauft wurden.

Banning bummelte langsam weiter und wärmte alte Erinnerungen auf. Die Leute, denen er begegnete, sahen ihn offen und freundlich an, wie es die Art friedlicher Kleinstädter ist. Aber er kannte keinen von ihnen. Zehn Jahre waren eine lange Zeit. Trotzdem erwartete er, das eine oder andere bekannte Gesicht zu sehen.

Am Bankgebäude bog er rechts ab und ging die Hollins Street weiter. Zwci Querstraßen, dann mußte sein Geburtshaus kommen. Sicher stand es noch.

Es stand nicht da.

Banning blieb stehen. Er schaute die Straße hinauf und hinunter. Kein Zweifel, das war die Stelle. Die Häuser zu beiden Seiten waren noch genauso, wie er sie in Erinnerung hatte. Aber wo sein Elternhaus gestanden hatte, war ein leeres Grundstück, auf dem Unkraut wucherte.

War das Haus niedergebrannt oder aus irgendeinem Grund abgerissen worden?

Aber er fühlte unbestimmt, daß hier etwas nicht in Ordnung war. Wenn ein Haus abgerissen wird, bleiben immer Spuren zurück: die Grundmauern, der Keller, ein Stück Gartenmauer, die Bäume, das Gebüsch in der hinteren Ecke des Gartens.

Hier gab es nichts, absolut nichts, was darauf schließen ließ, daß hier je ein Haus gestanden hatte. Nur ein leerer Raum, von

Brennesseln bedeckt. Das war alles.

Er war enttäuscht.

Vielleicht wissen die Greggs Näheres, dachte er und ging zum nächsten Haus weiter. Falls sie noch hier leben. Sicher freuen sie sich, wenn ich sie besuche!

Er klopfte. Ein alter Mann, den er nicht kannte, öffnete nach einer Weile. Er war klein und hatte ein rotes, verrunzeltes Gesicht. Er kam offenbar aus dem Hinterhof seines Hauses, denn er trug noch eine Harke in der Hand.

Als Banning nach den früheren Bewohnern fragte, schüttelte der Alte verständnislos den Kopf.

»Sie müssen sich irren, junger Mann. Wahrscheinlich meinen Sie eine andere Straße. Hier hat nie eine Familie Banning gewohnt.«

»Es ist zehn Jahre her«, erklärte Banning. »Das war vielleicht vor Ihrer Zeit.«

Der Alte wurde ungeduldig. »Hören Sie, junger Mann. Ich heiße Martin Wallace, und ich lebe seit zweiundvierzig Jahren in diesem Haus. Sie können fragen, wen Sie wollen. Ich kenne keine Bannings. Habe nie von ihnen gehört. Wenn ich Ihnen sage, daß sie hier nicht gewohnt haben, können Sie es mir glauben. Außerdem hat auf dem Grundstück nebenan nie ein Haus gestanden. Ich muß es wissen, denn das Grundstück gehört mir.«

Zum erstenmal durchfuhr Banning ein seltsamer Schauder. »Aber ich habe jahrelang in diesem Haus gewohnt!« widersprach er aufgeregt. »Ich habe meine ganze Kindheit hier verbracht! Sie waren damals noch nicht hier. In Ihrem Haus wohnten die Greggs. Sie hatten eine kleine Tochter mit zwei blonden Zöpfen, einen Sohn namens Sam . . . Ich erinnere mich gut an sie. Wir waren Spielkameraden. Wir . . .«

Der alte Mann wurde ärgerlich. »Wenn das ein Scherz sein soll, junger Mann, so kann ich ihn nicht witzig finden! Und wenn es keiner ist, dann müssen Sie betrunken oder verrückt sein. Machen Sie, daß Sie fortkommen!«

Banning rührte sich nicht von der Stelle. Verstört starrte er den alten Mann an. »Bitte«, sagte er fast flehend. »Der Apfelbaum dort – ich kenne ihn gut. Ich war acht Jahre alt, als ich von dem Ast da herunterfiel und mir den Knöchel brach. So etwas vergißt man doch nicht –«

Der Alte trat über die Schwelle zurück und sagte böse: »Wenn Sie in zwei Sekunden nicht fort sind, rufe ich die Polizei.« Und er schlug ihm die Tür vor der Nase zu.

Banning starrte wütend auf die Tür. Aber unter seinem Ärger auf den dickköpfigen Alten fühlte er eine unbestimmte Angst aufsteigen.

»Alter Trottel«, murmelte er vor sich hin. »Ist wohl nicht mehr ganz bei Verstand.«

Es gab nur eine Möglichkeit, die Wahrheit herauszufinden. Er wandte sich um und ging rasch zur Hauptstraße zurück bis zum Rathaus. Dort würde man ihn nicht belügen.

Er ging in die Registratur und teilte einer Angestellten sein Anliegen mit. Das Mädchen ließ sich Zeit und stöberte lange und ohne Eile in den Aktenschränken. Endlich bekam er die etwas spitze Auskunft:

»Ich weiß wirklich nicht, was Sie wollen! In Hollins Street 344 hat nie ein Haus gestanden. Hier ist der Grundbuchauszug. Der Besitzer –«

Banning riß ihr fast das Papier aus der Hand. Wirklich, da stand es schwarz auf weiß: Mr. Martin Wallace hatte 1912 ein Haus in der Hollins Street 346 und das angrenzende leere Grundstück von einem Walter Bergstrander gekauft. Das leere Grundstück ist nie bebaut worden.

Banning fühlte, wie ihm der Schweiß ausbrach. Er gab das Blatt zurück. Seine Hand zitterte. »Hören Sie«, bat er. »Suchen Sie doch einmal diese Namen im Einwohnerverzeichnis. Unter ›verstorben‹. Jesse Banning und Ila Roberts Banning.« Er kritzelte die Namen seiner Eltern auf einen Zettel.

Die Angestellte warf ihm einen verdrießlichen Blick zu und verschwand mit dem Zettel. Als sie wiederkam, hatte sie einen hochroten Kopf vor Ärger.

»Soll das komisch sein? Haben Sie Spaß daran, andern Leuten ihre Zeit zu stehlen? Diese beiden Personen hat es nie gegeben! Jedenfalls nicht in Greenville!«

Er öffnete die Barriere, die zwischen ihnen war, und war mit zwei Schritten bei ihrem Schreibtisch.

»Das kann nicht sein!« stieß er bestürzt hervor. »Lassen Sie mich selbst nachsehen!«

Sie versuchte ihn hinauszudrängen.

»Was fällt Ihnen ein! Das ist nicht erlaubt! Sie –«

Er packte sie am Arm. »Zeigen Sie mir die Listen. Ich will mich selbst vergewissern.«

Sie schrie auf und riß sich los. »Mr. Harkness! Mr. Harkness!«

Schreiend rannte sie in den Korridor hinaus.

Er ließ sie gehen und eilte zu der kleinen Tür, die in das Archiv führte. Der Aktenschrank, in dem sie nachgesehen hatte, war noch geöffnet. Hastig durchwühlte er den Karteikasten. Er mußte die Namen finden, mußte sich selbst beweisen, das er nicht übergeschnappt war.

Aber bevor er noch Zeit hatte, die Kartei systematisch zu durchsuchen, hörte er schwere Schritte hinter sich. Eine Hand legte sich auf seine Schulter.

Er wandte sich um und sah einen untersetzten, kräftigen Mann mit einer dicken Zigarre im Mundwinkel. Der Mann nahm die Zigarre aus dem Mund und fragte in drohendem Ton:

»Junger Mann, was erlauben Sie sich! Diese Unverschämtheit wird Sie teuer zu stehen kommen!«

Banning schüttelte die Hand von seiner Schulter ab.

»Was wollen Sie von mir? Wer sind Sie überhaupt?«

»Ich bin Roy Harkness, der Sheriff dieses Bezirks. Und ich habe ein paar Worte mit Ihnen zu reden. Kommen Sie mit in mein Büro.«

Stunden später saß Banning immer noch im Büro des Sheriffs

und erzählte seine Geschichte zum drittenmal.

»Es muß eine Verschwörung sein«, rief er gereizt. »Ich weiß nicht, was das alles bedeutet. Ich weiß nur, daß ihr alle daran beteiligt seid!«

Weder der Sheriff, noch sein Deputy, noch der Reporter und Fotograf der »Greenville News« lachten ihm direkt ins Gesicht. Aber er konnte sehen, wie sie einander verstohlene, belustigte Blicke zuwarfen.

»Eine schwerwiegende Anklage«, bemerkte der Sheriff. »Sie beschuldigen also die ganze Stadt Greenville, bewußt die Akten gefälscht zu haben? Was für einen Grund sollten wir für so ein wunderliches Verbrechen haben?«

Banning biß sich auf die Lippen.

Er wußte, daß er nicht verrückt war. Und doch gab es kaum eine andere Erklärung.

»Ich weiß nicht«, murmelte er. »Ich zerbreche mir selbst seit Stunden den Kopf und kann den Grund nicht herausfinden. Warum belügt mich jeder? Warum verbirgt man etwas vor mir? Warum will man mich meiner Vergangenheit berauben? Ich weiß es nicht. Ich weiß nur, daß sie alle lügen.«

»Ich kenne Mr. Wallace seit meiner Kindheit«, betonte der Sheriff. »Ich kann Ihnen versichern, daß das Grundstück schon immer ihm gehört hat und daß er durchaus nicht übergeschnappt ist.«

»Dann lüge also ich?« fragte Banning entrüstet. »Möchten Sie mir sagen, warum ich das tun sollte?«

»Keine Ahnung. Irgend etwas werden Sie schon damit bezwecken. Erpressung vielleicht. Oder Sie möchten gern in die Zeitungen kommen. Oder Sie sind ganz einfach nicht ganz bei Trost.«

Banning sprang zornig auf die Füße.

»So, ihr wollt also den Spieß umdrehen? Mich in die Enge treiben und dann für verrückt erklären? Na, das wollen wir sehen!«

Er ging auf die Tür zu. Der Sheriff gab seinem Deputy einen

Wink, und dieser packte Banning am Kragen und drängte ihn auf die Tür im Hintergrund zu, die zum Gefängnis führte. Der Fotograf schoß eine Aufnahme.

»Ein Irrer«, sagte der Reporter zum Sheriff. »Man sieht es ihm nicht an, wie?«

Banning stemmte sich gegen die Tür. »Eine Verschwörung«, murmelte er finster.

»Machen Sie keine Geschichten«, riet der Sheriff. »Sie bleiben für eine Weile unser Gast. Hatten Sie gedacht, wir würden Sie so einfach laufenlassen, nach dem Unfug? Sie kommen daher und beschuldigen eine ganze Stadt verbrecherischer Umtriebe! Wir wollen erst mal sehen, was dahintersteckt!« Er wandte sich an seinen Deputy. »Telegrafieren Sie an den New Yorker Verlag, für den er angeblich arbeitet. Geben Sie eine genaue Personenbeschreibung durch.«

Man schob ihn in eine Zelle, schloß die Gittertür ab und ließ ihn allein.

Er setzte sich auf die Pritsche und legte die Hände vors Gesicht. Er konnte noch gar nicht fassen, was geschehen war. Und warum.

Die Sonne schien durch das vergitterte kleine Fenster. Aber in seinem Innern war es schwarze Nacht. »Wäre ich nur nie auf den Gedanken gekommen, meine Heimatstadt zu besuchen!« stöhnte er. Aber er hatte es nun einmal getan. Und jetzt sah er sich einer Fülle von Fragen gegenüber, die er nicht beantworten konnte. Wer log, wer war verrückt – er oder die anderen?

Der Abend kam. Man brachte ihm zu essen. Er fragte, wie lange man ihn noch hier festhalten wolle. Er bekam eine ausweichende Antwort. Der Sheriff war nicht zu sprechen. Er verlangte nach einem Rechtsanwalt. Der Wärter schüttelte den Kopf.

Am Morgen kam Harkness in seine Zelle. »Wir haben Antwort aus New York«, berichtete er. »In dieser Beziehung wenigstens stimmen Ihre Angaben.«

Banning zuckte gleichgültig die Achseln.

Der Sheriff sah ihn aufmerksam an. »Sie scheinen sonst ein ganz vernünftiger junger Mann zu sein«, meinte er. »Warum sagen Sie nicht endlich, was dieser ganze Blödsinn soll?«

»Ich wünschte, ich wüßte es selbst«, antwortete Banning trübe.

Harkness seufzte. »Pete hat recht, man sieht es Ihnen nicht an. Na, der Psychiater wird sich noch mit Ihnen zu beschäftigen haben.«

»Psychiater . . .?«

»Ja. Sie sind ein interessanter Fall für einen Arzt. Hören Sie, ich habe mich selbst der Sache angenommen. Ich habe alle Akten durchstöbert. In dieser Stadt hat überhaupt nie eine Person namens Banning gelebt. Sagen Sie selbst: was muß ich von Ihnen halten?«

Banning kehrte ihm den Rücken. »Sie lügen. Lassen Sie mich in Ruhe.«

»Wie Sie wollen.« Harkness warf etwas auf die Pritsche. »Das da dürfte Sie immerhin interessieren.« Er ging und schloß die Gittertür hinter sich ab.

Als er allein war, griff Banning nach der zusammengefalteten Zeitung, die der andere ihm hingeworfen hatte. Es war die neueste Ausgabe der »Greenville News«. Sein Name stand auf der ersten Seite. Er las die Geschichte von dem verrückten New Yorker, der nach Greenville kam und die ganze Stadt anklagte, ihm seine Vergangenheit stehlen zu wollen. Eine sehr komische Geschichte. Sicher lachte sich halb Nebraska heute über ihn tot.

Banning las sie dreimal. Und allmählich fühlte er selbst, daß er für einen Nervenarzt reif war. Vielleicht sogar für eine Zwangsjacke.

Kurz vor Sonnenuntergang kam der Deputy und teilte ihm mit, daß er Besuch habe.

»Besuch?« Banning sprang von seiner Pritsche auf. Wer sollte ihn besuchen kommen? Sicher hatte einer seiner alten Bekannten seinen Namen gelesen und sich seiner erinnert. Nun kam er, um seine Aussagen zu unterstützen!

Aber der Mann, der jetzt den Korridor entlangkam, war ein Fremder. Ein großer, breitschultriger, dunkler Mann in mittleren Jahren. Schwarze, stechende Augen. Sein Gang war sehr leicht, fast schwebend trotz seiner massigen Gestalt. Er kam auf die Zelle zu, blieb vor dem Gitter stehen und sah Banning mit seinen sonderbar flackernden Augen schweigend an, bis der Deputy verschwunden war. Dann murmelte er: »Der Valkan –«

Eine seltsame Ergriffenheit schwang in seiner Stimme mit. Er sprach weiter, mehr zu sich selbst als zu dem Gefangenen: »Kyle Valkan. Er ist es wirklich. Es hat lange gedauert. Aber nun habe ich ihn gefunden.«

Ein unbehagliches Gefühl bemächtigte sich Bannings.

»Was sagen Sie da? Wie nennen Sie mich? Und wer sind Sie? Ich habe Sie nie im Leben gesehen!«

»Nein?« fragte der Fremde lächelnd. »Sie erkennen mich also nicht? Ich bin Roff. Und Sie sind der Valkan. Kyle Valkan. Die bitteren Jahre sind vorüber.«

Mit einer raschen Bewegung langte er durch die Gitterstäbe, ergriff Bannings Hand und führte sie mit einer demütigen Geste an seine eigene Stirn, wie zum Zeichen seiner Unterwerfung.

2

Einen Augenblick war Banning so verblüfft, daß er keinen Finger rühren konnte. Dann zog er hastig die Hand zurück.

»Was tun Sie da?« murmelte er betroffen. »Was soll das heißen? Ich kenne Sie nicht. Ich bin nicht der – Valkan oder wie Sie mich nennen. Ich heiße Neil Banning. Ich weiß nicht, was Sie von mir wollen.«

Der Fremde verzog die Lippen zu einem düsteren und geheimnisvollen Lächeln, das Banning mehr beunruhigte als offene Feindseligkeit. Demut und tiefe Zuneigung lagen in dem

Lächeln, die Banning sich nicht erklären konnte. Was wollte der Mann von ihm? Woher kannte er ihn überhaupt?

»Neil Banning«, sagte der Mann, der sich Roff nannte. »Ja. Der Name Neil Banning, der durch alle Zeitungen ging – der Name war es, der mich endlich auf die richtige Spur führte. Ihre Geschichte ist die Sensation des Tages. Der Mann, dem man seine Vergangenheit stahl.« Er lachte leise. »Schade, daß sie alle die Wahrheit nie erfahren werden.«

Die Wahrheit?

Banning fragte hoffnungsvoll: »Kennen Sie denn die Wahrheit? Sind Sie gekommen, um sie mir zu sagen? Um dieses Rätsel zu lösen, das mich so beunruhigt?«

»Ich kann es lösen«, antwortete der andere ruhig. »Aber nicht hier. Nicht jetzt. Haben Sie noch ein paar Stunden Geduld. Ich werde Sie noch heute nacht aus dieser Zelle herausbringen.«

»Ich wäre Ihnen sehr dankbar, wenn Sie das könnten!« rief Banning mit neuem Mut. »Aber ich verstehe nicht, warum Sie etwas für mich tun.« Er durchforschte angestrengt die Züge des Fremden und versuchte sich zu erinnern, ob er ihn doch schon einmal gesehen hatte. Aber sein Gedächtnis ließ ihn im Stich. Sollte ich ihn kennen? Vielleicht aus meiner Kindheit –?

Der Fremde nickte. »Sie kannten mich in Ihrer Kindheit. Aber es ist unmöglich, daß Sie sich an mich erinnern.« Ein zorniges Funkeln kam in seine Augen. »Dieser Hund! Es war das schlimmste, was er tun konnte: Ihnen Ihre eigene Persönlichkeit zu rauben!« Er faßte sich und fügte ruhiger hinzu: »Nein, sie hätten noch Schlimmeres tun können. Man hätte Sie töten können.«

Banning riß die Augen auf. »Töten? Wer hätte mich töten können?«

Roff sagte zwei Namen, die er nie gehört hatte, zwei sonderbare, fremdartige Namen.

»Tharanya. Jommor.«

Dabei musterte er Banning prüfend, als erwartete er von ihm

ein Wort, einen Blick des Erkennens.

Und plötzlich glaubte Banning zu begreifen. Er wich bis in die äußerste Ecke seiner Zelle zurück.

»Sie sind ja wahnsinnig!« flüsterte er. Er war froh, daß sich der Fremde auf der anderen Seite der Gitterstäbe befand.

Aber der Mann, der sich Roff nannte, lächelte nur.

»Es ist verständlich, daß Sie das glauben. Es ist das gleiche, was der Sheriff von Ihnen denkt. Sie sehen, es ist nicht seine Schuld. In gewissem Sinn hat er recht. Es gibt keinen Neil Banning mehr. Neil Banning hat nie existiert.«

»Aber –«

Roff verneigte sich ehrfürchtig. »Noch heute nacht werden Sie frei sein. Verlassen Sie sich ganz auf mich. Auch wenn Sie nicht verstehen.«

Bevor Banning noch nach dem Deputy rufen konnte, war der Fremde mit raschen, leichten Schritten davongegangen.

Sehr niedergeschlagen sank Banning wieder auf seine Pritsche zurück. Er hatte ein paar Minuten lang gehofft, der Fremde wisse die Wahrheit und werde ihm helfen. Jetzt war er davon überzeugt, daß dieser Mann ein Wahnsinniger war. Wenn er auch nicht begreifen konnte, warum er ihn aufgesucht hatte.

Bald wird mich jeder Irre in dieser Stadt Bruder nennen, dachte er mit bitterem Spott.

Er hörte an diesem Abend nichts von einer Entlassung aus dem Gefängnis. Aber er erwartete auch nicht, daß der Fremde wirklich sein Versprechen halten würde.

Man brachte ihm sein Abendessen, und er stocherte lustlos darin herum. Er war müde und bedrückt. Hol der Teufel die ganze Bande, dachte er mißmutig. Es wäre mir eine Wonne, sie alle wegen falscher Anschuldigung vor Gericht zu bringen! Erschöpft sank er schließlich in einen unruhigen Schlaf.

Er erwachte mitten in der Nacht von dem Quietschen der Gittertür in ihren Angeln.

Er war sofort hellwach und setzte sich auf seinem Lager auf.

Es war dunkel, nur im Korridor draußen brannte ein trübes Licht. Der große, dunkle Mann stand mitten in der Zelle und lächelte ihm ernst zu.

»Stehen Sie auf, Kyle Valkan. Sie sind frei.«

Banning traute seinen Ohren nicht. »Wie kommen Sie hier herein? Woher haben Sie diese Schlüssel?« fragte er ungläubig.

Er erhob sich zögernd, ging auf die Tür zu und warf einen Blick hinaus. Die Tür am Ende des Korridors war geöffnet. Er sah den Deputy über seinen Schreibtisch gelehnt, die eine Hand hing schlaff herunter.

In jähem Entsetzen schrie Banning auf: »Großer Gott! Was haben Sie gemacht? In was haben Sie mich da hineingerissen?« Er stürzte wieder in die Zelle zurück und versuchte, den Fremden hinauszudrängen. »Gehen Sie! Ich will nichts damit zu tun haben!«

Als er sah, daß der Fremde stärker war und sich nicht verdrängen ließ, begann er um Hilfe zu schreien.

Mit einem Ausdruck von Mitleid und Bedauern zuckte Roff die Schultern. Dann hob er die Hand, und Banning sah einen kleinen, eiförmigen, metallisch glänzenden Gegenstand darin.

Roff sagte entschuldigend: »Verzeihen Sie, Kyle. Es ist keine Zeit für lange Erklärungen.«

Ein kurzer, blendender Blitz zuckte in seiner Handfläche auf. Banning fühlte einen kleinen Schmerz, nur einen leichten Schlag in seinem Hirn. Dann wurde es schwarz um ihn. Seine Muskeln erschlafften. Er spürte nicht einmal mehr, wie Roff ihn in seinen Armen auffing.

Als er erwachte, befand er sich in einem Wagen. Er lag auf dem Hintersitz. Roff saß so, daß er ihn im Auge behalten konnte.

Der Wagen fuhr mit großer Geschwindigkeit die Präriestraße entlang. Es war finstere Nacht. Der Fahrer hob sich nur als Schatten gegen den schwachen Schimmer der abgeblendeten Scheinwerfer ab.

Banning überlegte ein paar Sekunden. Es war so dunkel, daß

Roff sein Erwachen gar nicht festgestellt haben konnte.

Wenn ich mich ganz plötzlich auf ihn werfe, dachte er, dann könnte es mir gelingen, ihn zu überwältigen.

Aber als hätte Roff seine Gedanken erraten, sagte er mit leiser Stimme, fast bittend: »Ich möchte es nicht noch einmal tun, Kyle. Bitte, zwingen Sie mich nicht dazu.«

Banning zögerte. Er strengte seine Augen an und konnte sehen, daß der Fremde immer noch den kleinen, glitzernden Gegenstand in der Hand hielt. Was immer es war, er hielt es für geraten, sich etwas in Geduld zu üben. Er mußte eine bessere Chance abwarten.

Er schluckte seine Wut hinunter und blieb ruhig liegen. »Sie haben den Deputy umgebracht«, bemerkte er nach einer Weile. »Sie sind nicht nur verrückt, Sie sind auch ein Killer.«

Roff sagte geduldig: »Habe ich Sie umgebracht?«

»Nein, aber –«

»Die kurze Ohnmacht hat Ihnen nichts geschadet. Ebensowenig schadet sie dem Deputy. Ich denke nicht daran, einen Unschuldigen zu ermorden, wenn ich es vermeiden kann. Aber der Mann hat nichts mit unseren Angelegenheiten zu tun, und ich mußte ihn für eine Weile ausschalten.« Er ließ ein kurzes, trockenes Lachen hören. »Tharanya wäre erstaunt, mich so reden zu hören. Sie hält mich für brutal und skrupellos.«

Banning setzte sich auf und versuchte mit seinen Augen das Dunkel zu durchdringen. »Wer ist Tharanya?« fragte er hilflos. »Was ist das für eine Waffe, mit der Sie mich bewußtlos gemacht haben? Wohin bringen Sie mich? Und was, zum Teufel, soll das alles bedeuten?«

Seine Stimme war heiser vor Erregung. Eine schreckliche Furcht saß ihm im Nacken. Nicht die Furcht vor körperlichen, greifbaren Gefahren oder vor dem Tod. Die Angst vor dem Unfaßbaren, Unerklärlichen, mit dem er sich seit zwei Tagen herumschlug. Vor dem undurchdringlichen Geheimnis, das ihn plötzlich umgab und an seinen Nerven zerrte, so daß er sich selbst nicht mehr trauen konnte.

Was, um Himmels willen, wollten sie alle von ihm? Warum entführte man ihn? Was hatte man mit ihm vor? War er nur noch von Irrsinnigen umgeben? Seine Gedanken überschlugen sich, während der Wagen in atemberaubendem Tempo durch die Prärie raste.

Roff sprach beruhigend, wie man zu einem kleinen Kind spricht.

»Sie müssen mir vertrauen, Kyle. Sie müssen mir glauben, wenn ich Ihnen sage, daß ich Ihr Freund bin. Ihr ältester und bester Freund. Und daß Sie nichts zu fürchten haben.«

»Ich glaube Ihnen nicht«, antwortete Banning aufgebracht.

Roff schien nicht überrascht. »Nein, natürlich nicht. Wie könnten Sie auch? Und Sie werden mir nicht glauben, auch wenn ich Ihnen alles erkläre.« Er seufzte. »Jommor hat ganze Arbeit getan. Sie ist ihm besser und vollkommener gelungen, als ich es je für möglich gehalten hätte.«

Banning griff sich an die Schläfen, als wollte er seinen Verstand festhalten, der ihn zu verlassen drohte.

»Wer, in drei Teufels Namen, ist dieser Jommor?«

»Tharanyas rechte Hand«, antwortete Roff, immer in dem gleichen geduldigen Ton. »Und Tharanya ist die Herrscherin des Neuen Reichs. Sie sind Valkan, Kyle Valkan. Und ich bin Roff, der Sie auf Armen getragen hat, als Sie ein kleines Kind waren und –« Er brach ab und stieß einen Fluch in einer unbekannten, seltsam singenden Sprache aus. »Ach, was hat das alles für einen Zweck?« seufzte er wieder. »Sie verstehen doch nicht –«

»Neues Reich?« murmelte Banning verwirrt. Er schielte nach der kleinen eiförmigen Waffe in der Hand des anderen und fragte argwöhnisch: »Sie haben mir immer noch nicht gesagt, wie das Ding da heißt!«

»Hirnlähmer«, antwortete Roff bereitwillig. Er sagte es in dem gleichen überlegenen Ton, wie man zu einem Baby von einem Spielzeug spricht.

Dann begann er mit dem Fahrer in der fremden Sprache zu

reden, ohne dabei den Blick von Banning zu wenden. Der Fahrer antwortete ebenfalls in der Banning unverständlichen Sprache. Dann trat wieder Schweigen ein.

Die Straße wurde immer schlechter. Der Wagen holperte und rumpelte und machte immer wildere Sätze. Bald wurde es Banning klar, daß sie überhaupt nicht mehr auf einer Straße, sondern querfeldein fuhren.

Wieder begann er die Entfernung zwischen sich und Roff abzuschätzen und zu überlegen, wie er sich aus den Händen seiner Entführer befreien könnte. Das einzige, was ihn noch zurückhielt, war der Gedanke an die geheimnisvolle Waffe. Hirnlähmer? Ach was! Vielleicht bluffte Roff bloß und hatte ihn einfach mit einem Schlagring in der Zelle bewußtlos geschlagen. Vielleicht auch hatte der Fahrer, sein Komplice, sich schon vorher heimlich in die Zelle geschlichen und ihn von hinten getroffen, ehe er es sich versah. Er beschloß, es noch einmal zu riskieren.

Er sah an dem Fahrer vorbei und bemerkte einen Lichtschein, etwa einen Kilometer vor ihnen in der Prärie. Wenn er etwas unternehmen wollte, mußte es gleich sein, bevor seine Entführer ihn an ihr Ziel gebracht hatten – was immer dies auch sein mochte.

Der Fahrer sprach über die Schulter gewandt, und Roff antwortete; es klang froh und erleichtert.

Mit einem raschen Entschluß warf Banning sich auf den großen, dunklen Mann.

Aber er war im Irrtum, was die eiförmige kleine Waffe betraf: sie funktionierte ausgezeichnet.

Diesmal verlor er das Bewußtsein nicht. Offenbar konnte die Stärke des Schlages genau reguliert werden. Roff wollte ihn nicht bewußtlos machen. Er wollte ihn nur wehrlos haben. Banning konnte immer noch sehen und hören und sich bewegen. Aber seine Bewegungen glichen denen einer Marionette, er gehorchte automatisch dem Willen des Fremden. Und was er sah und hörte, war verschwommen und unwirklich, ohne eigentliche Beziehung zu ihm selbst, ein Traum, ein Schattenspiel.

Er sah die Prärie schwarz und weit an ihnen vorüberfliegen, sah einen dunklen Himmel mit flimmernden Sternen über sich. Der Wagen hielt. Roffs Stimme forderte ihn ruhig und sanft zum Aussteigen auf. Er erhob sich wie ein Nachtwandler und faßte gehorsam nach der Hand, die Roff ihm entgegenstreckte. Er ließ sich führen wie ein Kind. Sein Körper bewegte sich, seine Füße trugen ihn. Aber er war nicht mehr er selbst.

Bei näherem Hinsehen bemerkte er Öffnungen in der Wand. Fenster, Luken, gähnende Tore? Es war keine Wand. Es war die Flanke eines Schiffes.

Ein Schiff mitten in der Prärie?

Er wunderte sich über nichts mehr.

Aus den Luken strömten Männer. Sie trugen fremdartige Kleidung und sie sprachen eine fremde Sprache. Sie bewegten sich auf sie zu, und Roff und der Fahrer, mit Neil Banning zwischen ihnen, gingen den Leuten entgegen.

Neil Banning hörte, wie sie fragten, wie Roff ihnen antwortete. Er verstand nur ein Wort: »Valkan!« Alle Blicke waren auf ihn gerichtet. Auf allen Gesichtern lag eine tiefe Ergebenheit und Ehrfurcht, die ihn noch mehr ängstigten, als es jede Drohung vermocht hätte.

»Valkan!«

Eine fast abergläubische Scheu sprach aus dem Wort.

Ein Schauer überfiel ihn. Er fühlte eine Gänsehaut zwischen seinen Schulterblättern.

Roff führte ihn die Rampe hinauf, die in das Innere des Schiffes führte. Er sagte mit seiner ruhigen, sanften Stimme:

»Sie haben mich gefragt, Kyle Valkan, wohin ich Sie bringe. Kommen Sie an Bord. Ich bringe Sie nach Hause.«

3

Der Raum, in dem man ihn untergebracht hatte, war bequemer und besser eingerichtet als die Zelle. Und doch war er auch hier ein Gefangener. Das merkte er, als er endlich wieder richtig zu sich kam.

Sein erster Gedanke war, die Türen zu öffnen. Die eine gab nach und führte in ein etwas fremdartiges, aber sehr luxuriöses Bad. Die andere war verschlossen. Fenster gab es keine. Die metallenen Wände waren glatt und ohne Unterbrechungen. Das Licht kam aus einer unsichtbaren Quelle, die er nicht entdecken konnte; es war, als ob die Wände selbst leuchteten.

Er sah sich in dem Raum um, nahm verschiedene Gegenstände in die Hand und untersuchte sie kopfschüttelnd. Wo in aller Welt war er?

Er dachte flüchtig an die gigantische Schiffswand, die er von außen gesehen zu haben glaubte. Ein Alptraum! sagte er sich. Eine Vision, vielleicht durch die Wirkung von Roffs Hirnlähmer hervorgerufen! Wie sollte ein Schiff hierher in die Prärie kommen? Und wer, in aller Teufel Namen, war dieser Roff? Warum hatte er ihn entführt, und was hatte er mit ihm vor?

Die Leute in der seltsamen Tracht – was wollten sie von ihm? Warum hatten sie ihn mit dieser irrsinnigen Ehrfurcht betrachtet? Der Valkan –

Das alles mußte ein Traum sein. Ein sehr lebhafter Traum. Aber doch ein Traum.

Oder nicht?

Keine Fenster. Kein Anzeichen, daß sie sich von der Stelle bewegten. Kein Laut. Oder doch – wenn man angestrengt horchte und seinen ganzen Körper entspannte, konnte man einen schwachen, gleichmäßigen Ton vernehmen, wie das Pochen eines riesigen Herzens.

Ein ungewohnter Geruch lag in der Luft.

Alle seine Sinne schärften sich zu angespanntester Wachsamkeit. Ja, alles hier war ungewohnt, fremd. Die Farbe, das Material der Wände und der Einrichtung, jeder einzelne Gegenstand.

Sogar sein eigener Körper war ihm fremd. Sein Gewicht hatte sich verändert. Er kam sich schwerelos vor, wie losgelöst von allem.

In plötzlicher Panik hämmerte er gegen die Tür und schrie.

Sie öffnete sich fast sofort, als habe man auf sein Zeichen gewartet. Roff trat ein, hinter ihm der Fahrer des Wagens. Beide trugen jetzt diese unheimlichen, eiförmigen Waffen.

Der Fahrer verneigte sich tief vor ihm und sagte etwas, was er nicht verstand. Er trug jetzt ebenso wie Roff die gleiche Kleidung wie die Leute, die sie empfangen hatten: eine Art Tunika über enganliegenden Beinkleidern, eine Phantasietracht, die das Traumhafte dieses ganzen Spuks noch unterstrich.

Roff verabschiedete den Fahrer mit einer Handbewegung und schloß die Tür hinter ihm. Banning hatte gerade noch Zeit, einen Blick auf den langen Korridor hinauszuwerfen; seine Wände waren ebenso glatt wie die des Zimmers und strahlten den gleichen geheimnisvollen Glanz aus.

Banning wandte sich an den großen Mann, der sich Roff nannte, und fragte beklommen: »Wo sind wir?«

Die Antwort kam mit der größten Selbstverständlichkeit: »Im Augenblick«, sagte Roff, »sind wir bereits im Raum, auf dem Weg von Sol zum Antares. Ich glaube nicht, daß unsere genaue Position für Sie eine besondere Rolle spielt.«

»Ich glaube Ihnen kein Wort«, sagte Banning mühsam.

Und doch wußte er im tiefsten Innern, daß der andere die Wahrheit sprach. Die Erkenntnis flößte ihm Entsetzen ein. Sein Bewußtsein weigerte sich, sie anzuerkennen. Es verkroch sich in den äußersten Winkel seiner Seele wie ein gejagter Hase.

Roff sagte beschwörend: »Sie müssen mir glauben, Kyle. Unser beider Leben hängt davon ab, daß Sie sich endlich mit den Tatsachen abfinden, so unglaublich sie Ihnen auch im ersten Moment erscheinen mögen.«

Er ging zur Wand und drückte auf einen Knopf. Eine

Metallplatte glitt lautlos zur Seite und gab eine Art von Fenster frei.

»Das ist kein wirkliches Fenster«, erklärte ihm Roff. »Es ist eine Sichtplatte, eine sehr komplizierte elektronische Anlage, die ein viel genaueres Bild gibt, als die einfache Sicht es könnte.«

Banning starrte auf das Bild, das sich ihm bot.

Schwärze und Licht. Die Schwärze war die Leere des unendlichen Raums, in den er zu fallen, zu taumeln schien, daß er hätte aufschreien mögen vor Angst und Entsetzen. Aber dazwischen tausendfältiges Licht –

Millionen und Millionen von Sonnen!

Die wohlbekannten Sternbilder waren verschwunden, ertrunken in einem Ozean von Licht. Gleißende Sterne und absolutes Nichts. Er stürzte in einen Abgrund aus Strahlen und Dunkelheit. Ihm schwindelte. Er mußte die Hand vor die Augen legen und ließ sich schwer auf das weiche Lager niederfallen.

»Glauben Sie mir jetzt?« fragte Roff leise.

Ein Stöhnen war alles, was er hervorbrachte.

»Sie glauben mir also?« fuhr Roff befriedigt fort. »Sie glauben, daß wir uns auf einem Sternenschiff befinden? Gut. Dann müssen Sie auch daran glauben, daß es fern von der Erde eine Zivilisation gibt, die sich der Raumfahrt bedient. An ein Reich, von dem Sie bisher nichts geahnt haben.«

Banning fühlte, wie sein ganzer Körper vor Entsetzen geschüttelt wurde. Er klammerte sich verzweifelt an die harte Kante des Lagers, als suchte er einen festen Halt in diesem Chaos. Er machte einen letzten Versuch, Roffs phantastische Behauptung zu widerlegen:

»Wir bewegen uns nicht von der Stelle! Wenn wir uns wirklich schneller vorwärts bewegten als das Licht – und das ist unmöglich, soviel ich weiß, dann müßte man doch zumindest etwas von der Beschleunigung spüren!«

»Der Antrieb ist nicht mechanisch«, gab Roff unbewegt zurück. »Wir befinden uns in einem Kraftfeld, das sich bewegt, und da wir ein Teil dieses Feldes sind, können wir die Fortbewegung selbstverständlich nicht spüren. Und was die Möglichkeit betrifft, sich schneller als das Licht zu bewegen –« Er lachte belustigt auf. »Auf der Erde hat man immer noch recht beschränkte Ansichten. Dabei hat man doch längst entdeckt, daß sich gewisse Partikel mit geradezu unbeschränkter Geschwindigkeit fortbewegen; aber man begnügt sich mit der Erklärung, daß sie nur Photonen sind und keine Masse haben. Das heißt, der Frage ausweichen.«

Immer noch ungläubig, schüttelte Banning den Kopf.

»Das alles ist zu phantastisch! Ich kann es nicht glauben. Sie wollen mir einreden, daß es eine Zivilisation gibt, von der wir nichts wissen sollten? Eine Zivilisation mit Raumschiffen, mit menschlichen Wesen, die die Erde nach Belieben besuchen – ohne daß wir Erdenmenschen jemals etwas davon bemerkt haben? Das ist doch unmöglich!«

»Warum unmöglich?« Roff zuckte nachlässig die Achseln. »Ihr Erdenmenschen haltet euch für den Mittelpunkt des Alls! Aber das ist ein Irrtum. Es gibt manches im Raum, wovon ihr nichts ahnt. Die Erde ist ein sehr zurückgebliebener Stern. Sie liegt ziemlich abseits, und so ist es kein Wunder, daß ihr manches bisher verborgen blieb. Außerdem genießt sie bei den Völkern des Neuen Reiches nicht gerade den besten Ruf. Die politischen Verhältnisse auf der Erde sind geradezu eine Schande. Es gibt heute noch eine Unzahl verschiedener Nationen, die sich gegenseitig bekämpfen und auszurotten versuchen. Darum vermeiden die Völker des Neuen Reichs möglichst jede Berührung mit diesem unerfreulichen Planeten.«

Banning gab es auf, zu widersprechen.

»Also schön«, seufzte er. »Ich will die Möglichkeit zugeben, daß es eine uns unbekannte Zivilisation geben könnte. Auch die Sternenschiffe will ich als Tatsache hinnehmen, ebenso wie das Neue Reich, von dem Sie reden. Aber nun sagen Sie mir endlich, was ich mit all dem zu tun habe?«

»Sie sind ein Teil davon. Ein sehr wichtiges Teil. Sie werden das eines Tages verstehen lernen.«

»Aber begreifen Sie denn nicht, daß da ein Irrtum vorliegen muß? Sie sind an den Falschen geraten. Ich weiß von nichts und habe nicht das geringste mit eurem Neuen Reich und euren Sternenschiffen zu tun. Glauben Sie mir doch! Ich heiße Neil Banning, bin ein kleiner Vertreter, in Greenville, Nebraska, geboren und –«

Roff lachte leise. »Erinnern Sie sich, daß es Ihnen nicht gelungen ist, diese Behauptung zu beweisen? Nein, Sie sind nicht Neil Banning, obwohl Sie das bisher geglaubt haben. Sie sind Kyle Valkan und wurden auf dem Katuun geboren, in der alten Königsstadt auf dem vierten Planeten des Antares.«

Banning atmete schwer. »Aber – meine Erinnerungen!« keuchte er. »Mein ganzes bisheriges Leben!«

»Falsche Erinnerungen«, sagte Roff. »Künstliche Erinnerungen. Die Wissenschaftler des Neuen Reichs verstehen sich ausgezeichnet auf seelische Eingriffe. Und Jommor ist einer der hervorragendsten Wissenschaftler, die wir haben. Man hat Ihr eigenes Gedächtnis mit all seinen Erinnerungen ausgelöscht und Ihnen ein neues eingepflanzt. Man hat eine künstliche Vergangenheit für Sie zusammengestellt, synthetische Erinnerungen sozusagen, wie sie sich für einen Durchschnittsmenschen der Erde eignen. Dann wurden Sie in Ihr irdisches Exil gebracht. Mit einem neuen Namen, einer neuen Sprache und einer neuen Vergangenheit als Erdenmensch Neil Banning ließ man Sie frei. Damit war Kyle Valkan unschädlich gemacht, es gab ihn nicht mehr, seine Persönlichkeit war ausgelöscht. Kyle Valkan stellte keine Bedrohung für seine Gegner mehr dar.«

»Bedrohung?« wiederholte Banning langsam.

Roffs schwarze Augen blitzten in einem wilden Feuer.

»Ja, Bedrohung«, bekräftigte er. »Sie sind ein Valkan, der letzte der Valkans. Und die Valkans waren ein mächtiges Geschlecht und stellten immer eine große Gefahr für die Thronräuber dar.«

Banning schlang nervös die Hände ineinander und wartete,

daß der andere in seinen Erklärungen fortfuhr. Er hatte schon so viele unglaubliche Neuigkeiten zu verdauen, daß er es kaum wagte, weitere Fragen zu stellen. Er folgte mit den Augen dem großen, dunklen Mann, der jetzt mit langen Schritten auf und ab zu gehen begann, die Hände auf dem Rücken.

»Das Neue Reich«, sagte Roff, halb zu sich selbst. »Es war immer in Gefahr, solange der letzte Valkan noch die Möglichkeit hatte, seine Feinde eines Tages zu vertreiben. Davor zitterten sie beide, Tharanya, die den Thron bestiegen hatte, und Jommor, der sie stützt. Der letzte Valkan stellte eine ständige Bedrohung ihrer Macht dar.«

»Aber warum?«

Roffs Stimme dröhnte wie ein Gong, als er leidenschaftlich ausrief: »Weil die Valkans die Herrscher des Alten Reichs waren, des Sternenreichs, dem die halbe Galaxis untertan war, damals, vor neunzigtausend Jahren! Und weil die Völker ihre rechtmäßigen Könige nicht vergessen haben!«

Banning starrte ihn an und begann dann plötzlich zu lachen. Der Traum wurde immer unwahrscheinlicher, immer verrückter! Wie konnte er ihn überhaupt noch ernst nehmen!

»So«, sagte er spöttisch. »Ich bin also nicht Neil Banning. Ich bin Kyle Valkan von den Sternen.«

»Ganz recht.«

»Und König.«

»Nein, Kyle. Noch nicht. Sie waren einmal nahe daran, es zu werden. Wenn es uns diesmal glückt, werden Sie es sein.«

Wenn das noch lange so weitergeht, werde ich wirklich verrückt, dachte Banning. Er sprang entschlossen auf die Füße.

»Unsinn«, sagte er fest. »Das ist alles Unsinn. Ich muß doch schließlich wissen, wer ich bin. Ich bin Neil Banning. Möglich, daß ich aussehe wie Ihr Kyle Valkan. Ein Zufall. Das wird der Grund sein, warum Sie mich als den Falschen aufgelesen haben. Ich will jetzt Ihre Leute sprechen.«

»Warum?« fragte Roff mißtrauisch.

»Warum? Weil ich endlich Schluß mit dieser Komödie

machen will! Ich werde ihnen sagen, wer ich wirklich bin, daß alles ein Irrtum ist. Und ich werde verlangen, daß man mich freiläßt.«

»Das werden Sie nicht«, stieß Roff zwischen den Zähnen hervor.

»Und wenn ich weiter behaupte, der Valkan zu sein, wäre das Betrug!«

»Sie sind alle davon überzeugt, daß Sie der Valkan sind, und das stimmt. Aber sie glauben auch, daß Sie Ihr Gedächtnis wiedererlangt haben, was leider nicht der Fall ist.«

»Sie geben also zu, daß Sie Ihre eigenen Leute betrügen?« fuhr Banning auf.

»Nur in dieser einen Hinsicht. Wenn sie wüßten, daß Sie immer noch ohne Erinnerungen sind, würden sie zögern, Ihnen in dieses Abenteuer zu folgen. Denn solange Sie kein Gedächtnis haben, können Sie ihnen auch nicht zu dem HAMMER verhelfen.«

»HAMMER?«

»Darüber später. Versuchen Sie jetzt, Ihre Lage zu begreifen. Wenn auch nur der leiseste Verdacht aufkommt, daß Sie sich nicht an den HAMMER erinnern, wird man Sie im Stich lassen und an Jommor ausliefern. Aber diesmal werden Sie nicht mit Verbannung davonkommen. Diesmal erwartet Sie der sichere Tod.«

»Wie also könnte ich mich für den Valkan ausgeben?«

»Es wird einige Mühe kosten. Aber wir haben Zeit. Sie werden in den nächsten Tagen Ihre Kabine nicht verlassen. Ich werde bekanntgeben, daß Sie Ruhe brauchen, weil die Wiederherstellung Ihres Gedächtnisses Sie überanstrengt hat. Ich werde die meiste Zeit bei Ihnen sein.«

»Sie meinen – ich soll die Sprache von Ihnen lernen?« fragte Banning zögernd.

»Wiedererlernen«, verbesserte Roff. »Das wird keine allzu großen Schwierigkeiten machen, Sie werden sehen!«

»Also gut«, meinte Banning nach kurzem Überlegen. »Ich

will es versuchen. Wenn es keine andere Möglichkeit gibt, aus dieser Klemme zu entkommen –«

»Ich bin froh, daß Sie zur Einsicht kommen«, sagte Roff und wandte sich zum Gehen.

Aber in derselben Sekunde sprang Banning ihn von hinten an, schlang beide Arme um den breiten Hals des anderen und drückte ihm die Kehle zu.

Der Sternenmensch rang nach Luft. Dann spannte er mit einer übermenschlichen Kraft alle seine Muskeln an, daß sie wie Stahlfedern hochsprangen. Banning wurde durch die Kabine geschleudert und krachte gegen die Rückwand. Keuchend blieb er liegen, unfähig, sich zu rühren.

Roff machte eine demütige Verbeugung.

»Verzeihen Sie, Kyle. Dafür hätte man mir im Alten Reich die Haut bei lebendigem Leibe abgezogen. Aber ich konnte nicht anders.« Damit ging er.

Banning blieb allein. Er setzte sich auf, lehnte sich müde gegen die Wand und starrte trübe vor sich hin.

Er spürte, wie er langsam an seinem eigenen Verstand zu zweifeln begann. Und er suchte verzweifelt nach etwas, woran er sich halten konnte. Nach Wahrheit, nach Wirklichkeit, nach etwas, woran man glauben konnte.

Immer wieder murmelte er vor sich hin: »Ich bin Neil Banning. Ich bin Neil Banning. Und ich träume bloß. Gleich werde ich erwachen und über meinen eigenen Traum lachen.«

Er weigerte sich zu glauben, daß er plötzlich ein anderer war, ein Mann von den Sternen, mit einer Vergangenheit, an die er sich nicht erinnern konnte. Er wollte Neil Banning sein, wollte nicht, daß sein bisheriges Ich sich in Nichts auflöste . . .

Das Reich war wirklich. Das Sternenschiff war wirklich. Die Erde wußte nichts davon. Aber die Bewohner des Reichs kannten die Erde sehr gut, sie besuchten sie sogar gelegentlich, sie beherrschten ihre Sprachen.

Auch dieses Schiff war heimlich auf der Erde gewesen. Roff hatte dort nach ihm, Neil Banning, gesucht. Er hatte ihn gefunden und nahm ihn nun mit zu den Sternen. Was für ein geheimer Sinn steckte hinter dieser Entführung?

Man brauchte wohl für eine große, sternenweite Intrige einen Mann, den man als Kyle Valkan ausgeben konnte. Als Kyle Valkan, den letzten aus dem Geschlecht der alten Sternenkönige. Er, Neil Banning, hatte das Unglück, diesem Valkan ähnlich zu sehen. Darum konnten sie ihn für ihre Zwecke brauchen. Und Roff glaubte, ihn zu einem willigeren Werkzeug machen zu können, wenn er ihm seine neue Identität einredete. Darum versuchte er ihn zu überzeugen, er sei wirklich der Valkan und habe nur sein Gedächtnis verloren. Was für eine phantastische Lüge!

Banning überlegte fieberhaft, was er tun und wie er sich verhalten sollte. Was ging ihn diese Intrige, was ging ihn das Alte oder Neue Reich an! Er mußte mit allen Mitteln um seine Freiheit, ja um sein Leben kämpfen.

Er beschloß, sich Roff gegenüber fügsam zu zeigen, um keinen Argwohn zu erwecken. Dabei wollte er möglichst viel zu erfahren suchen. Er mußte herausbekommen, wie die Dinge standen, was man mit ihm vorhatte. Dann erst konnte er handeln.

Stunden vergingen. Alles blieb still, bis auf das kaum merkliche leise Dröhnen des Schiffes. Außerhalb dieser Wände gähnte der unendliche Abgrund des Alls, in dem Milliarden Sonnen kreisten.

Ihm schwindelte. Er versuchte, nichts mehr zu denken.

Roff kam zurück. Er brachte neue Kleider für Banning und forderte ihn auf, sich umzuziehen. Es war eine seltsame Tracht, ähnlich der, wie sie die anderen Insassen des Schiffes trugen, aus einem unbekannten, sehr leichten und weichen Material. Eine weiße Tunika, auf deren Brust glitzernde Juwelen das Symbol einer berstenden Sonne bildeten.

»Jetzt sehen Sie aus wie der Valkan!« sagte Roff mit leuchtenden Augen. »Ihrem Aussehen nach wird niemand an Ihnen zweifeln. Aber bald müssen Sie auch zu ihnen reden. Machen wir uns also an die Arbeit.«

Roff begann nun, ihm den Namen jedes Gegenstandes in der Kabine in die fremde Sprache zu übersetzen. Banning wiederholte die Worte; er gab sich große Mühe, denn er war bestrebt, so viel und so rasch wie möglich zu lernen. Bald konnte Roff dazu übergehen, ihm schwierigere Begriffe und ganze Sätze beizubringen.

»Roff«, sagte Banning plötzlich.

»Ja?«

»Wie lange, sagten Sie, ist es her, seit die Valkans das Alte Reich regierten? Sagten Sie wirklich neunzigtausend Jahre?«

»Ja. Es ist lange her. Aber die alten Könige sind unvergessen in ihrem Reich – ausgenommen auf jenen Planeten, die hoffnungslos in Barbarei zurücksinken wie die Erde.«

»Die Erde?« rief Banning erstaunt. »Wollen Sie damit sagen, daß die Erde ebenfalls ein Teil jenes Alten Reichs war?«

»Natürlich, ebenso wie die halbe Galaxis«, nickte Roff. »Als dann das Alte Reich zerfiel, waren es die Welten am Rande der Galaxis, die zuerst abfielen. So verloren sie bald jede Verbindung zu den anderen Welten, ihre Kultur bröckelte ab, ihre Einwohner sanken auf die niedrigste Stufe der Höhlenmenschen herunter.«

Bei diesem und seinen nächsten Besuchen erzählte Roff immer neue Einzelheiten aus der Geschichte. Nach und nach formte sich Banning sein eigenes Bild.

Er erfuhr, daß die Hauptstadt des Alten Reichs auf Katuun im System des Antares gewesen war. Die Valkans hatten unzählige Sonnensysteme beherrscht. Ihre Sternenschiffe woben ein dichtes Verkehrsnetz durch den Raum. Die Völker zahlloser Welten waren ihnen untertan. Ihre Regierung war gut und gerecht, und ihre Völker glücklich und zufrieden.

Aber dann brach der Aufstand los.

Schon seit längerer Zeit gärte es in dem riesigen Reich. Einige Völker versuchten das Joch abzuschütteln, einige ehrgeizige Volksführer wollten den Valkans ihre Herrschaft streitig machen. Diese griffen mit unnachsichtiger Strenge durch.

Und dann verbreitete sich im ganzen galaktischen Reich das Gerücht, die Valkans hätte eine geheime, schreckliche Waffe, die sie auf einem entlegenen Planeten aufbewahrten. Diese Waffe, die man den HAMMER DER VALKANS nannte, sei so furchtbar, daß die Valkans damit alle Völker der Galaxis ausrotten könnten, wenn sie wollten.

Das Gerücht von dieser Waffe löste eine allgemeine Empörung aus. Der ganze Kosmos kam in Aufruhr. Die Völker wollten es nicht dulden, daß die Valkans eine solche Drohung über sie verhängten. Die Aufständischen nutzten die Sache für ihre Zwecke aus. Sie verstanden es, die Völker zu überzeugen, daß sie ihre Herrscher stürzen mußten, bevor diese ihre furchtbare Waffe jemals anwenden konnten.

Die galaktische Revolution brach aus. In einem verheerenden Bürgerkrieg wurde das Alte Reich gestürzt. Die Zivilisation brach zusammen. Die Verbindung zwischen den einzelnen Systemen riß ab. Eine jahrtausendealte Kultur ging zugrunde.

Manche Welten erhielten sich ihre Zivilisation und ihre Technik auch nach dem Zusammenbruch. Sie pflegten auch weiterhin die Raumfahrt. Es waren hauptsächlich die Welten, die sich um das System des Rigel gruppierten. Sie bemühten sich, so viele Planeten wie möglich zu weiterer Zusammenarbeit zu veranlassen. Sie bemühten sich, die Verbindungen aufrechtzuerhalten. So entstand mit der Zeit eine neue Gemeinschaft, die sich das Neue Reich nannte.

»Das Neue Reich!« zischte Roff verächtlich. »O ja, sie haben viele Anhänger gewonnen. Aber es gibt noch genug andere, die die alten Herrscher nicht vergessen haben und heute noch von den stolzen Zeiten des Alten Reichs träumen! Schließlich waren es doch die Valkans, die zum erstenmal die Galaxis zu einer großen Gemeinschaft zusammenschlossen!«

Banning fragte neugierig: »Und diese Waffe, von der Sie sprachen? Der HAMMER, der die Revolution auslöste? Was wurde daraus?«

Roff warf ihm einen seltsamen Blick zu.

»Der HAMMER ist verloren, für alle Zeiten verloren. Denn nur die Valkans wußten, wo er sich befand und was er war. Dieses Geheimnis wurde vom Vater auf den Sohn vererbt, seit das Alte Reich gestürzt war. Sie waren der letzte Valkan, der letzte, der das Geheimnis kannte. Und Sie haben es vergessen.«

Banning begann zu verstehen.

»Das also ist der Grund, warum ich eine so wichtige Figur in dem Spiel bin – ich meine, warum Kyle Valkan so wichtig ist.«

Roff nickte grimmig. »Ja. Sie wußten es. Und Sie sagten mir einmal, daß der HAMMER sich im Sternennebel des Schwans befinde. Sie sagten, Sie könnten ihn finden, an Hand einer Sternenkarte aus jener Zeit vor neunzigtausend Jahren.«

Banning schwieg betreten.

Der große Mann fuhr eindringlich fort: »Sie haben es versucht, Kyle, und Sie wären beinahe zum Ziel gelangt. Sie hatten die Karten in den Archiven auf Rigel gefunden. Sie starteten zu jenem fernen Sternennebel.«

»Und . . .?« fragte Banning.

»Tharanya und Jommor verfolgten Sie, zerstörten Ihr Schiff und raubten Ihnen Ihr Gedächtnis. Sie schickten Sie als Neil Banning in die Verbannung auf die Erde.«

»Warum?« fragte Banning zweifelnd. »Warum haben sie Kyle Valkan nicht getötet, wenn er wirklich ein so furchtbares, vernichtendes Geheimnis besaß? Das scheint mir nicht ganz logisch.«

Roff lächelte ironisch.

»Das ist es auch nicht. Aber Sie dürfen nicht vergessen, daß Tharanya eine Frau ist. Sie hatte nicht das Herz, Ihren Tod zu befehlen, obwohl Jommor darauf drängte. Eine Frau ist eben doch nicht dazu geschaffen, ein riesiges Reich zu regieren – selbst wenn sie eine Tharanya ist!«

»Und was haben Sie nun vor?« forschte Banning weiter. »Wollen Sie wirklich das Neue Reich stürzen – mit einem einzigen Schiff und den paar Mann Besatzung?«

»Wir sind nicht allein, Kyle. Es werden andere zu uns stoßen. Vielleicht nicht viele. Aber es wird genügen – wenn wir den HAMMER haben.«

»Aber ihr habt ihn nicht! Von mir dürft ihr keine Hilfe erwarten! Ich weiß nichts davon!«

»Nein, Sie wissen nichts. Aber vielleicht werden Sie es bald wissen«, sagte Roff unerschütterlich.

Als Banning weiter in ihn zu dringen versuchte, winkte Roff ab.

»Später. Sie werden alles zu seiner Zeit erfahren. Jetzt müssen Sie versuchen, sprechen zu lernen. Die Leute erwarten Sie mit Ungeduld. Ich habe ihnen gesagt, ich hätte Ihr Gedächtnis wiederhergestellt, und der Schock hätte Sie für eine Weile krank gemacht.«

»Der Mann, der den Wagen fuhr«, warf Banning ein, »muß gemerkt haben, daß ich nicht freiwillig mit Ihnen kam.«

»Eyre? Er ist ein zuverlässiger Mann. Aber die anderen ahnen nichts. Sie müssen bald vor ihnen erscheinen, Kyle Valkan, und sie als Ihre Untertanen begrüßen.«

Banning machte rasche Fortschritte in der fremden Sprache. Ja, die Schnelligkeit, mit der er auffaßte, war ihm selbst etwas unheimlich. Es war, als seien ihm die Worte gar nicht wirklich fremd, sondern so, als habe er sie nur vergessen. Seine Zunge und seine Lippen hatten nicht die geringsten Schwierigkeiten mit der Aussprache. Jedes Wort, das er lernte, schien ein Echo in seinem Innern zu wecken. Immer mehr hatte er das Gefühl, längstvergessene Kenntnisse aufzufrischen, anstatt etwas Neues, Unbekanntes, zu lernen.

Er erschrak bei diesem Gedanken. Bedeutete das nicht eine Bestätigung dessen, was Roff ihm einzureden versuchte? Hatte Roff recht? Hatten die Leute von Nebraska recht, die ihm seine Vergangenheit als Neil Banning verweigerten?

Er konnte und wollte es nicht glauben!

War es denn möglich, daß ein Mensch seine eigene Persönlichkeit vergaß und nicht mehr wußte, wer er wirklich war?

Nein, es mußte ein Trick sein! Roff hatte ihn hypnotisiert, hatte die Leute von Greenville hypnotisiert! Er war Neil Banning. Und wenn er trotzdem so tat, als glaubte er Roff, so nur, weil er am Leben bleiben und einen geeigneten Moment zur Flucht abwarten wollte.

Er wußte nicht, wieviel Zeit vergangen war. Auf dem Schiff gab es weder Tag noch Nacht. Er schlief, aß, lernte.

Und eines Tages erklärte ihm Roff: »Es ist soweit. Man erwartet Sie.«

»Wer?«

»Meine Leute. Ihre Leute, Kyle. Sie sprechen unsere Sprache jetzt gut genug, um zu ihnen zu reden. Kommen Sie. Ich habe bekanntgeben lassen, daß Sie sich genügend erholt haben, um sie zu begrüßen.«

Banning fühlte, wie seine Handflächen feucht wurden. Das war der Augenblick, den er gefürchtet hatte. Und doch wußte er, daß er unvermeidlich war. Solange er sich in dieser Kabine befand, konnte er sich immer noch einbilden, er träume. Jetzt mußte er der Wahrheit ins Gesicht sehen.

Um so besser, sagte er sich. Endlich werde ich herausfinden, was hinter Roffs Lügen steckt! Ich kann nichts unternehmen, bevor ich nicht alles weiß.

»Gut«, sagte er laut. »Ich bin bereit.«

Roff öffnete die Tür und trat beiseite, um ihn vorangehen zu lassen.

Mechanisch trat Banning in den Korridor hinaus. Es war das erstemal, daß Roff ihm gestattete, die Kabine zu verlassen.

»Nach rechts«, flüsterte Roff an seinem Ohr. »Und halten Sie den Kopf hoch. Vergessen Sie nicht, daß Sie der Nachkomme der großen Könige sind!«

Mit festen Schritten ging Banning den Korridor entlang, bis zu der Tür, die in die Messe führte.

Roff öffnete die Tür und ließ ihn über die Schwelle treten.

Dann folgte er selbst und rief laut und deutlich: »Der Valkan!«

Die Männer sprangen auf die Füße. Dutzende von Augen starrten auf Banning, verzweifelt, sehnsüchtig . . .

Er wußte, daß er jetzt reden mußte, daß sie eine Ansprache erwarteten. Aber bevor er noch Zeit fand, sich zu fassen, trat ein Hüne auf ihn zu, das Glas noch in der Hand, musterte er ihn mit einem wilden Blick und rief dann:

»Sie sind nicht der Valkan!«

4

Stille. Sie schien eine Ewigkeit zu währen.

Banning starrte in das Gesicht des Hünen und spürte, wie sein Herz gegen die Rippen hämmerte. Er war also durchschaut, entlarvt! Und nun? Roffs Warnung fiel ihm ein. Würde man ihn an Jommor ausliefern? War sein Schicksal besiegelt?

Er wollte reden, seinen Hals aus der Schlinge ziehen, die Leute überzeugen . . . Aber seine Zunge gehorchte ihm nicht. Und was sollte er ihnen auch sagen? Wie etwas beweisen, woran er doch selbst nicht glaubte?

Der Hüne hob sein Weinglas. Ein wildes Feuer brannte in seinen Augen. Er schrie: »Sie sind nicht der Valkan! Aber Sie werden es bald sein! Wir haben für Sie gekämpft und werden weiter für Sie kämpfen – und diesmal werden wir für Sie siegen und Ihnen Ihren rechtmäßigen Thron zurückerobern! Heil dem Valkan!«

»Heil dem Valkan!« jubelten die anderen.

Eine unendliche Erleichterung überkam Banning. Die Besatzung mißverstand seine Miene. Seine Erleichterung, das Schwinden seiner Angst wurden für die Rührung des Heimgekehrten gehalten. Wieder jubelten sie ihm zu.

Entgegen aller Vernunft fühlte Banning einen gewissen Stolz in sich aufsteigen, so als hätte er wirklich ein Anrecht auf die Ergebenheit dieser Männer. Es erschien ihm gar nicht so widersinnig, daß sie ihn als ihren Herrscher begrüßten.

Sein Rücken straffte sich. Er hob die Hand, um Stille zu gebieten.

Er sagte: »Ich danke euch, Leute. Die Valkans haben ihre Untertanen immer geliebt –« Er stockte. Sein Blick suchte Roff.

Der große Mann sah sehr besorgt aus und biß sich nervös auf die Lippe.

Plötzlich lächelte Banning. Roff hat mich in diese Sache hineingerissen, dachte er. Er soll ruhig eine Weile schwitzen. Laut sagte er: »Wein! Ich möchte mit meinen Leuten anstoßen!«

Er sah, wie Roff erblaßte. Offenbar hatte er Angst, Banning könne sich verraten, wenn er zu lange blieb. Aber Banning selbst fürchtete nichts. Er war nicht mehr ganz er selbst. Er wuchs über sich hinaus.

Er hob das Glas, das man ihm reichte. »Auf das Alte Reich und die Freiheit der Sterne, die ich euch wiederbringen will!«

Ein ohrenbetäubender Jubel brandete auf.

Banning wandte sich an Roff und flüsterte ihm auf englisch zu: »Ein wirkungsvoller Trinkspruch, nicht wahr? Geben Sie zu, daß Sie mich unterschätzt haben!«

Roffs Miene hellte sich auf. Auch er schien erleichtert. Er nickte Banning lächelnd zu.

Zu den anderen sagte er: »Jommors Verbrechen ist fehlgeschlagen! Er war nicht imstande, den Valkan zu einem anderen zu machen. Der Valkan hat sich nicht verändert. Ich weiß es, denn ich habe ihm sein Gedächtnis wiedergegeben. Er ist immer noch er selbst!«

Dann stellte er Banning die Offiziere einen nach dem andern vor. Schrann, Landolf, Kirst, Felder, Burri, Tawn. Sie sahen wie harte, zuverlässige und tüchtige Männer aus.

Während er mit ihnen sprach, dachte Banning: Wenn sie herausfänden, daß ich gar nicht der Valkan bin, sondern nur Neil Banning aus Nebraska – dann hätte ich gewiß nicht mehr lange zu leben!

Er fürchtete sich heimlich, und diese Furcht schärfte seinen Verstand, gab ihm die rechten Worte ein und steifte sein Rückgrat. Er war erstaunt, wie leicht es ihm fiel, sich wie ein König zu benehmen.

Er fing an zu hoffen, daß die Täuschung glücken würde. Niemand schien Verdacht zu fassen. Er fühlte sich durchaus als Herr der Lage.

Da trat eine junge Ordonnanz ein und meldete in so strammer Haltung, daß man förmlich die Knochen knacken hörte: »Kapitän Behrent bittet den Valkan um die Ehre seines Besuches auf der Brücke! Wir kommen jetzt in den Bereich der Großen Strömung und –«

Der schrille Ton einer Pfeife aus dem Lautsprecher unterbrach die Meldung. Eine Stimme bellte Befehle, rief alle Mann zu dringenden Pflichten.

Der Hüne wandte sich noch einmal an Banning. Er lachte glücklich: »Auf dem Hinflug hing unser aller Leben an einem Haar! Aber nun, mit dem Valkan an Bord, wird die Fahrt durch die Große Strömung zu einem Kinderspiel!«

Die Offiziere beeilten sich, dem Befehl nachzukommen, und verließen hastig die Messe. Die junge Ordonnanz sah mit einem Blick voll schwärmerischer Heldenverehrung auf Banning und sagte:

»Mit Ihnen als Pilot werden wir uns alle sicher und geborgen fühlen!«

Das Gewicht der Verantwortung drückte Banning fast nieder. Er warf einen hilflosen Blick auf Roff.

Aber Roff lächelte undurchdringlich. »Ja, Kyle Valkan, Sie sind der größte Raumpilot der Galaxis, und die Leute haben das nicht vergessen. Um König über die Sterne zu sein, mußten Sie sich erst zum Herrn des Raumes machen. Sie wurden von Kindheit auf als Pilot ausgebildet wie alle Valkans.«

Banning flüsterte ihm zu: »Aber ich habe doch keine Ahnung –«

Doch Roff schien ihn nicht zu hören. Es blieb keine Zeit,

nach einer Ausflucht zu suchen. Die Ordonnanz hielt ihm die Tür auf. Mechanisch ging Banning hinaus, von Roff gefolgt. Er kam sich vor, als ging er schnurstracks in eine Falle.

Sie kamen auf die Brücke – ein überwältigender Eindruck! Zum erstenmal sah Banning das Herz des Raumschiffes. Und zum erstenmal ging ihm die volle Wirklichkeit seines Erlebnisses auf. Bisher hatte er nur eine kleine Kabine gesehen, einen Korridor, eine Offiziersmesse zu sehen bekommen. Das alles hatte ihn nicht überzeugen können. Selbst der Blick auf die Sichtplatte hatte ihn nicht davon abbringen können, daß dies alles ein Alptraum war.

Die technische Vollkommenheit des Kontrollraums aber war etwas Greifbares. Dies war kein Traum mehr. Das war Wirklichkeit. Auch die Menschen, die mit eiserner Disziplin und der Präzision von Maschinen hier arbeiteten, waren wirklich. Und sie kämpften um ihr Leben.

Banning schwirrte der Kopf von all dem Neuen, Verwirrenden, das er hier zu sehen bekam. Er verstand so gut wie nichts davon. Die Maschinen, die Instrumente, die Meßgeräte und Armaturentafeln waren ihm ein Buch mit sieben Siegeln. Ein Heer von Technikern überwachte die Apparate. In der Mitte saß ein Offizier vor einem riesigen, halbrunden Bildschirm, auf dem ein ständiger Strom von Zeichen und Figuren vorüberflutete. Unter seinen Händen bewegten sich unzählige Tasten eines Apparats, der wie eine gigantische Orgel aussah. Das mußte das Nervenzentrum des Schiffes sein. Banning hoffte inbrünstig, der Mann verstehe damit umzugehen. Denn die riesige, geschwungene Sichtplatte enthüllte einen Blick in das All, in ein Chaos von kreisenden Sonnen und Planeten, der ihm das Blut in den Adern gefrieren ließ.

Ein älterer Mann mit verwitterten Zügen und weißem Haar trat auf ihn zu und begrüßte ihn ehrfurchtsvoll. Er trug eine dunkle Tunika mit einem Sternenzeichen auf der Brust. Offenbar war er der Kapitän. Er sah nicht so aus, als lasse er sich jemals freiwillig die Führung seines Schiffes von jemandem aus der Hand nehmen. Und doch sagte er jetzt mit einer tiefen Verneigung:

»Herr, ich übergebe Ihnen das Kommando.«

Banning schüttelte verlegen den Kopf. Sein Blick hing wie gebannt an der Sichtplatte. Das Schiff raste geradenwegs auf etwas zu, was wie eine dichte Wolke aussah. In ihr flimmerte und glitzerte es von großen und kleinen Lichtpunkten, die wie leuchtende Insekten durcheinanderflirrten. Banning wußte: das war einer jener kosmischen Nebel, von denen er gelesen hatte! Was wie leuchtende Insekten aussah, waren kosmische Trümmer, die sich mit unfaßbaren Geschwindigkeiten und in unberechenbaren Bahnen fortbewegten; sie warfen das Licht Tausender von glühender Sonnen zurück.

Er begriff, daß dieser Sternennebel ihr Ziel war.

Er fühlte, daß der Kapitän ihn ansah, ebenso wie alle Offiziere an ihren Kontrolltafeln, die Techniker an ihren Instrumenten. Und die Angst schnürte ihm fast die Kehle zu.

Aber fast ohne sein Zutun kamen ihm Worte auf die Lippen. Während er so tat, als studiere er aufmerksam Bildschirm und Meßgeräte, sagte er leichthin zu Kapitän Behrent: »Ein Schiff ist für seinen Kapitän wie seine Frau. Es ist nicht recht, wenn ein Dritter sich dazwischendrängt.«

Sein Blick fiel auf Roff. Er konnte förmlich spüren, wie dieser den Atem anhielt.

Banning lächelte. »Und warum sollte ich mich auch einmischen?« sagte er laut, damit alle Anwesenden ihn hören konnte. »Niemand könnte das Schiff besser führen, als Kapitän Behrent es bisher getan hat. Kapitän, ich beglückwünsche Sie.«

Eine stolze Röte überflutete die gebräunte Haut des Kapitäns. Seine Augen leuchteten, als er sagte: »Erweisen Sie mir trotzdem die Ehre, zu bleiben.«

»Als Zuschauer«, antwortete Banning. »Gern.«

Er trat einen Schritt zurück und hoffte, daß niemand bemerkte, wie seine Hände zitterten.

Der Kapitän führte ihn zu einem Sitz, von wo aus er den

ganzen Kontrollraum gut übersehen konnte. Roff setzte sich zu ihm und lächelte ihm anerkennend zu.

Aber Banning erwiderte sein Lächeln nicht. Er haßte diesen Mann, der ihn gegen seinen Willen in eine solche Lage gebracht hatte. Er wünschte sich in seine Kabine zurück, wo er wenigstens nicht ständig Komödie zu spielen brauchte.

Aber nein, sagte er sich dann. Es ist besser, ich bin hier und sehe, was geschieht. Auch wenn es das Schlimmste sein sollte . . .

Wieder wurde sein Blick magisch auf den Bildschirm gezogen.

Mit unvorstellbarer Geschwindigkeit rasten sie auf den Sternennebel zu, in dem es gefährlich glitzerte und leuchtete.

Roff flüsterte ihm auf englisch zu: »Wir müssen diesen gefährlichen Weg nehmen, um dem Radarnetz der Machthaber des Neuen Reichs auszuweichen. Die vielbefahrenen Teile der Galaxis werden sorgfältig überwacht. Und wir würden in Verlegenheit kommen, sollten wir den Zweck unserer Reise erklären!«

Die Woge aus Schwarz und Licht kam bedrohlich näher. Jetzt – jetzt mußten sie mit ihr zusammenstoßen! Banning biß die Zähne zusammen und schloß sekundenlang die Augen.

Es gab keine Erschütterung. Natürlich – die Große Strömung bestand aus Staub und Gesteinsbrocken in sehr dünner Verteilung.

Es wurde finster. Die Wolke verdüsterte das Licht der Millionen Sterne. Banning starrte angestrengt auf die Sichtplatte. Er sah ein schwaches Glimmen, einen leuchtenden Wirbel, der auf sie zukreiselte und zu blendender Helle aufflammte.

Banning umklammerte die Armlehnen seines Sitzes. Mühsam unterdrückte er den Schrei, der in seiner Kehle hochstieg.

Die Hände des Offiziers glitten über die Tasten. Das Schiff schwang sich seitwärts, wich um Haaresbreite dem kreisenden Spiralnebel aus. Das Kraftfeld, in dem das Schiff sich fortbewegte, fing jeden Stoß auf.

»Fürchten Sie nichts«, flüsterte Roff ihm zu. »Und wenn Sie sich fürchten, zeigen Sie es nicht.«

Banning schüttelte wortlos den Kopf.

Das Schiff wand sich zwischen den kosmischen Trümmern hindurch; manche von ihnen waren nicht größer als Kieselsteine, andere wieder gewaltig wie Monde. Ein Zusammenstoß mit einem von diesen bedeutete den sicheren Untergang. Aber wie ein Schiffer sein Boot über Wasserfälle und Untiefen führt, so steuerte der Kapitän mit sicherem Können das Raumschiff an allen tödlichen Klippen vorüber.

Banning mußte daran denken, wie Kapitän Behrent ihm demütig die Führung seines Schiffes hatte übergeben wollen. Wenn ein Mann wie Behrent so viel Vertrauen zu dem Valkan hatte, dann mußte dieser wirklich zu seiner Zeit Großes geleistet haben!

Endlich lichtete sich die Wolke, der Weg lag frei und offen vor ihnen. Der Kapitän trat zu Banning, verneigte sich und sagte mit stolzer Genugtuung: »Herr, wir sind durch.«

»Ein Meisterstück, Kapitän«, sagte Banning in aufrichtiger Bewunderung. Ein Stein fiel von seiner Seele. Am liebsten hätte er den alten Raumpiloten umarmt und ihm gedankt. Er merkte wohl, daß auch die anderen erleichtert waren.

Roff sagte: »Ich glaube, wir können jetzt alle etwas Schlaf brauchen.«

Banning und Roff gingen in die Kabine zurück. Als sie wieder allein waren, sagte Roff zufrieden:

»Sie haben sich großartig gehalten, Kyle! Ich fürchtete schon, Jommor könnte Ihnen nicht nur Ihr Gedächtnis, sondern auch Ihren Mut und Ihren Geist geraubt haben. Aber jetzt weiß ich, daß Sie es schaffen werden.«

Banning antwortete vorwurfsvoll: »Sie haben viel riskiert. Es hätte auch anders ausgehen können! Warum haben Sie mich nicht besser auf alles vorbereitet? Es wäre leichter für mich, wenn ich auf jede Möglichkeit gefaßt gewesen wäre.«

»Was würde das nützen, wenn Sie doch nicht die nötige Charakterstärke besäßen? Nein, Kyle, ich mußte es riskieren. Ich mußte feststellen, ob Sie Mut und Nerven und seelische Kraft hatten. Sie haben die Probe bestanden. Legen Sie sich jetzt etwas hin und ruhen Sie sich aus. Sie haben es verdient. Und Sie werden Ihre Kräfte nötig haben.«

»Warum?« fragte Banning argwöhnisch.

»Es gilt, neue Prüfungen zu bestehen, Kyle. In etwa dreizehn Stunden erreichen wir den Antares. Und dann werde ich Ihnen ein für allemal beweisen, daß Sie wirklich der Valkan sind! Ich weiß, daß Sie es immer noch nicht glauben.« Damit wandte Roff sich zum Gehen und ließ Banning allein.

Erschöpft von den Aufregungen der letzten Stunden schlief dieser bald ein. Dreizehn Stunden später stand Banning neben Roff auf der Brücke und erlebte seine erste Landung.

Der Antares bot einen phantastischen Anblick: ein glühender, roter Gigant, der seine Zwillingssonne zwergig klein erscheinen ließ. Er nahm den größten Teil des Sichtschirms ein und füllte den ganzen Raum mit seinem roten Leuchten. Es sah aus, als schwimme das Schiff in einem Meer von Blut. Hände und Gesichter der Männer im Kontrollraum waren von rotem Licht übergossen.

Roff zeigte auf einen Punkt, der näher kam und wuchs: »Der Planet, auf dem wir landen werden.«

Eine düstere Welt, die aussah, als wäre sie längst von allem Lebendigen verlassen. Ihre Sonnenseite war mit dem unheimlichen Rot des Antares übergossen.

»Es war früher eine mächtige Welt«, erklärte ihm Roff, als lese er seine Gedanken. »Das Herz und der Puls des Alten Reichs. Von hier aus wurde die halbe Galaxis beherrscht. Es war die Residenz der Valkans. Es könnte sie wieder werden.«

Banning sah ihn an. »Wenn es gelingt, den HAMMER zu finden und damit das Neue Reich zu zerschmettern, nicht wahr?«

»Ja.«

»Und wie wollen Sie ihn finden?« fragte Banning mit leichtem Spott.

»Nicht ich. Sie werden ihn finden, Kyle«, antwortete Roff nachdrücklich. »Darum habe ich Sie hierher gebracht.«

»Ich?« schrie Banning erschrocken. »Sie sind verrückt! Ich bin nicht Ihr Valkan; wie oft soll ich Ihnen das sagen! Selbst wenn ich es wäre – wie könnte ich den HAMMER finden, da doch mein Gedächtnis abhanden gekommen ist?«

»Jommor hat es Ihnen genommen«, gab Roff unbewegt zurück. »Er kann es wiederherstellen. Wir werden ihn dazu zwingen.«

Darauf fand Banning keine Antwort mehr. Er begriff die ganze Tragweite und Waghalsigkeit von Roffs Plänen. Und er begriff, daß der Ehrgeiz dieses Mannes vor keinem Hindernis zurückschrecken würde.

Das Schiff näherte sich dem Planeten. Es trat brüllend in die Atmosphäre ein. Der rote Nebel verdichtete sich, verschluckte das Schiff.

Einzelheiten der Welt begannen deutlicher hervorzutreten. Schroffe Bergketten, dunkle Waldgebiete, die sich über ganze Kontinente erstreckten, rollende Ozeane und spiegelnde Binnenseen.

Roff sagte: »Der Katuun ist jetzt so gut wie verlassen.«

Aber es fiel Banning schwer, sich vorzustellen, daß eine ganze Welt ohne Leben sein sollte. Ohne Städte. Ohne Verkehr. Ohne Geräusche. Ohne Menschen. Sie schien ihm unsagbar traurig und düster, wie sie auf dem Bildschirm näher und näher kam.

Bald konnte er etwas entdecken, was den Eindruck der Verlassenheit noch mehr verstärkte: Ruinen alter Städte, deren Reste am Ufer des Ozeans in die Höhe ragten. Straßen, die sich durch die Wälder zogen und deren Betondecke neuen Pflanzenwuchs verhindert hatte. Er sah eine große, kahle Fläche und wußte sofort, daß hier früher ein Flughafen gewesen sein mußte, auf dem zahllose Schiffe starteten und landeten, um die Verbindung zu den anderen Sternen aufrechtzuerhalten.

Eine zackige Bergkette erhob sich über einem riesigen Plateau, das eine natürliche Landefläche darstellte. Das Schiff senkte sich langsam, kreiste über der Hochebene und landete dann elegant und glatt.

Die Ausstiegluke wurde geöffnet. Die Offiziere standen wartend da. Offenbar war es ihm vorbehalten, sie auf diese seine Welt zu führen.

Er stieg langsam die Rampe hinunter. Roff hielt sich wie immer an seiner Seite. Alles schien wie ein Traum. Der rötliche Himmel, der kalte Wind, die fremden Gerüche, selbst der Boden unter den Füßen – alles war neu, unirdisch, unwirklich. Er fühlte es mit allen Sinnen, daß er zum erstenmal einen fremden Planeten betrat.

Die Offiziere folgten ihm aus dem Schiff.

Kapitän Behrent warf einen unruhigen Blick zum Himmel. »Es ist noch niemand hier.«

»Sie werden bald kommen«, versicherte Roff. »Sie müssen sich ihren eigenen geheimen Weg zu dieser Zusammenkunft suchen. Das braucht seine Zeit.«

Er wandte sich an Banning und sagte auf englisch: »Von hier aus gehen wir beide allein weiter.«

Banning schaute auf die Straße, die in das Tal hinunterführte; sie war breit angelegt, aber vom Alter geborsten und stellenweise eingesunken. Sie führte zu einem See, und am Ufer lag eine Stadt. Der Wald war so weit vorgedrungen, wie er konnte. Seltsam verzweigte Bäume und Ranken überwucherten die Mauerreste. Aber die alte Stadt war immer noch deutlich erkennbar. Man konnte ein großes Stadttor unterscheiden und dahinter die Straßen und Plätze. Alles war von dem düsteren roten Licht überstrahlt.

Schweigend gingen sie nebeneinanderher. Der Wind pfiff über die Hochebene. Aber sobald sie in das Tal hinunterkamen, wurde es still. Nur das Hallen ihrer Schritte auf dem geborstenen Pflaster war zu hören.

Antares hing groß und rot am Himmel. Für Banning, der an

eine kleine, helle Sonne gewöhnt war, schien dieser Feuerball wie eine ständige Drohung über dem Planeten zu schweben.

Er roch den Atem des Waldes zu beiden Seiten der Straße. Vergeblich spähte er nach einem Anzeichen von Leben aus. Alles blieb still. Nichts regte sich. Sie waren jetzt ganz nahe an die Stadt herangekommen. Aber auch sie schien wie ausgestorben. Die Ruhe des Todes herrschte in den leeren Straßen.

Banning blieb zögernd stehen. »Ist denn hier überhaupt nichts Lebendiges?« fragte er beklommen.

»Gehen wir weiter«, forderte Roff ihn auf. »Durch dieses Tor.«

Banning wandte den Kopf nach ihm. Trotz des roten Lichtes schien ihm das Gesicht seines Begleiters sehr blaß zu sein. Warum? Was fürchtete Roff?

»Sie haben Angst«, sagte Banning betroffen.

»Vielleicht.«

»Wovor? Warum sind wir allein hierhergegangen?«

Roff antwortete nicht.

Banning packte ihn an seiner Tunika und rüttelte ihn unsanft.

»Antworten Sie! Wohin führen Sie mich? Was erwarten Sie von mir?«

Roff riß sich los. Seine Nasenflügel bebten. Sein Gesicht war kreidebleich. Er hielt sich krampfhaft gerade und sah nicht rechts und nicht links. Seine Stimme war ein heiseres Flüstern, als er Banning zuraunte:

»Still! Um Himmels willen! Sie unterzeichnen mein Todesurteil. Und Ihr eigenes. Kein Wort, wenn . . .«

Er sah an Banning vorbei, als bemerkte er etwas hinter ihm.

»Vorsicht, Kyle«, wisperte er. »Von den nächsten Minuten hängt unser beider Leben ab!«

5

Am Klang seiner Stimme erkannte Banning, daß Roff die Wahrheit sprach. Das war kein Trick. Der Gedanke, daß jemand oder etwas hinter ihm stand, ließ sein Rückgrat vereisen. Sehr langsam, sehr vorsichtig, drehte er sich um.

Roff sagte: »Bleiben Sie ruhig. Geben Sie ihnen Zeit. Sie haben Sie seit zehn Jahren nicht gesehen. Auf keinen Fall dürfen Sie Angst zeigen oder davonlaufen. Es wäre Ihr Tod.«

Banning lief nicht davon. Er hätte es nicht gekonnt, selbst wenn er es gewollt hätte. Er war wie gelähmt. Entsetzt starrte er auf die Geschöpfe, die jetzt aus dem Stadttor strömten.

Die ersten waren lautlos herausgekommen, während er mit Roff sprach. Sie bildeten einen Halbkreis um die beiden Ankömmlinge, der jede Flucht unmöglich machte.

Es waren keine Menschen. Aber auch keine Tiere. Sie glichen keinem Wesen, das Banning kannte. Sie waren wie ein Alptraum. Aber sie sahen groß und kräftig aus, so, als könnten sie mühelos einen Menschen töten.

»Sie sind Ihnen ergeben«, flüsterte Roff. »Ihre Wächter, Ihre Diener, Ihre treuen Hunde. Die willigen Untertanen des Valkans. Sie müssen zu ihnen sprechen, Kyle.«

Schaudernd sah Banning auf die schrecklichen Wesen. Sie waren so groß wie Menschen, aber nichts Menschenähnliches war an ihnen. Eher sahen sie wie riesige Spinnen aus, mit ihren acht langen, dünnen Beinen. Ihr Körper war unbehaart, grau, mit einem leuchtend bunten Muster versehen – er konnte nicht feststellen, ob es eine natürliche Zeichnung oder künstliche Bemalung war. Wenn man den ersten Schrecken überwunden hatte, konnte man sie fast schön finden. Ja, selbst das Schreckliche hat noch seine Schönheit.

»Was soll ich sagen?«

Roff schob ihn einen Schritt vor. »Sagen Sie ihnen, wer Sie sind. Unterwerfen Sie sie. Sie sind die Ihren.«

Die riesigen Spinnen bewegten sich auf ihn zu, schlossen den

Kreis um ihn enger. Er sah ihre kleinen, grauen Gesichter, nicht größer als Kindergesichter. Runde Augen glotzten ihn an. Was lag in diesen Blicken?

Spinnenarme, Spinnenbeine hoben sich ihm entgegen. Er sah scharfe Krallen und zuckte unwillkürlich zusammen.

Eines der Geschöpfe trat aus dem Kreis vor. Es schien der Anführer der anderen zu sein. Es durchfuhr Banning eiskalt, als das seltsame Wesen plötzlich zu sprechen begann.

Mit einer weichen, zwitschernden Stimme sagte es: »Zurück! Nur der Valkan darf durch dieses Tor eingehen.«

Ohne zu überlegen antwortete Banning: »Seht mich doch an. Ist euer Gedächtnis so kurz? Habt ihr mich schon vergessen?«

Was war es, das in ihren Blicken lag? Weisheit? Grausamkeit? Erkennen? Was für Gedanken mochten in den seltsam geformten Köpfen hausen?

»Wie?« rief er aus und wunderte sich über die Festigkeit seiner eigenen Stimme. »Haben zehn Jahre genügt, um euch den Valkan vergessen zu lassen?«

Stille.

Unheimlich glotzten die runden Augen, rollten in ihren Höhlen.

Und dann kam Bewegung in die Spinnenwesen. Sie drängten vorwärts. Die klauenbewehrten Arme streckten sich nach ihm aus. Er wußte, sie konnten ihn in Sekundenschnelle in Stücke reißen. Es war sinnlos, fliehen zu wollen. Nein, er mußte ihnen die Stirn bieten, wenn er eine Chance haben wollte.

Mit dem Mut der Verzweiflung blieb er wie angewurzelt stehen und streckte ihnen seinerseits die Hände entgegen.

»Ich grüße euch, meine Spinnen«, sagte er.

Der Anführer, der zuerst gesprochen hatte, stieß einen schrillen, durchdringenden Schrei aus. Die anderen nahmen ihn auf, kreischten, daß die Stadtmauern davon widerhallten, und umringten Banning. Sie griffen nach seinen Händen, preßten sie demütig gegen ihre grauen Stirnen.

Und jetzt sah Banning endlich, was es war, das in ihren

Augen leuchtete: es war Liebe, Treue, Anhänglichkeit.

Was ihn am meisten überraschte, war seine eigene Rührung. Er fühlte sich zu diesen unheimlichen Spinnenwesen hingezogen. Die Berührung ihrer absonderlichen Gliedmaßen stieß ihn nicht ab.

Der Anführer warf sich vor ihm nieder und berührte seine Füße mit der Stirn.

»Wer ist das?« fragte Banning leise.

Roff antwortete: »Das ist Sohmsei, der Sie als Kind gewiegt und auf seinem Rücken getragen hat.«

Banning wehrte sich gegen diese Vorstellung. »Nein«, sagte er starrköpfig. »Ich kann das nicht glauben. Ich will es nicht glauben.«

Roff starrte ihn ungläubig an. »Wollen Sie damit sagen, daß Sie sich immer noch nicht als den Valkan erkennen? Wie können Sie jetzt noch zweifeln? Sehen Sie doch! Die Arraki haben Sie erkannt. Vor undenklichen Zeiten brachten die Valkans diese Rasse von einer fernen Welt in ihr Reich. Seither haben die Arraki die Valkans geliebt und ihnen treu gedient. Sie dienen keinem anderen. Die Tatsache, daß sie Sie anerkennen und sich Ihnen unterwerfen, ist Beweis genug. Hätten sie Sie nicht erkannt, so wären Sie jetzt tot.«

Sohmseis Blick glitt über Roff hin. Er sagte halblaut zu Banning: »Ich kenne diesen Mann. Es ist Roff. Ist es Ihr Wille, Herr, daß er lebt?«

»Es ist mein Wille«, antwortete Banning.

Wieder begann er an seinem eigenen Verstand zu zweifeln. Wie kam es, daß diese Wesen ihn als den Valkan erkannten? War es möglich, daß sie alle recht hatten? Daß nur er selbst sich über sein eigenes Ich täuschte? Hatte es wirklich nie einen Neil Banning gegeben? War er Kyle Valkan, dem man eine künstliche Persönlichkeit aufgepfropft hatte? War er zum König des versunkenen Reiches der Sterne geboren?

Aber nein, das konnte nicht wahr sein!

Sein ganzes Wesen wehrte sich dagegen, an eine solche Möglichkeit zu glauben. Er mußte sich an das halten, was er sein Leben lang geglaubt hatte, sonst stürzte er in einen Abgrund von Wahnsinn! Er war Neil Banning, war es immer gewesen!

Die Arraki hatten sich von seiner zufälligen Ähnlichkeit mit dem Valkan täuschen lassen genau wie Roff und alle anderen.

»Ich glaube es nicht«, wiederholte er.

»Ihr Eigensinn ist Ihr größter Feind«, sagte Roff unwillig. »Lassen Sie sich von Sohmsei überzeugen!« Laut fügte er hinzu: »Dies ist Ihre Heimkehr, Kyle, und ich will Sie nicht stören. Bald werden die anderen kommen, und ich muß sie auf dem Plateau erwarten. Ich werde später mit ihnen wiederkommen.«

Er verneigte sich und ging.

Banning war allein mit den Spinnenwesen. Aber sonderbarerweise empfand er keine Angst mehr. Er bedauerte Roffs Fortgehen nicht, sondern wandte sich augenblicklich seinen seltsamen Untertanen zu. Er war neugierig, die Stadt zu sehen.

»Kommen Sie jetzt nach Hause, Herr?« fragte Sohmsei mit seiner zwitschernden Vogelstimme.

Banning nickte. »Ja, Sohmsei. Ich komme nach Hause.«

Die Spinnenwesen gaben den Weg frei, und Sohmsei führte ihn auf die Stadt zu. Die anderen folgten unter lautem, fröhlichem Gezwitscher. Banning konnte ihre Liebe und Verehrung wie eine Welle auf sich zufluten spüren.

Er dachte: Die alten Valkans haben recht daran getan, als sie die Arraki zu ihren Freunden und Beschützern wählten. Das sind Wächter, denen man sich anvertrauen kann.

Wie sehr, das sollte er erst später erfahren.

Die Stadt war riesig groß. Ein Babylon der Sterne. In ihrer Glanzzeit mußte sie herrlich gewesen sein, voller Licht und Farben, von prallem Leben erfüllt, ein Zentrum zahlloser Welten.

Banning malte sich aus, wie aller Reichtum und alle Pracht der Galaxis hier zusammengeströmt waren. Er sah im Geiste die Gesandtschaften fremder Planeten durch dasselbe Stadttor treten, um den alten Königen ihren Tribut darzubringen. Die Prinzen von der Spika, die Könige vom Beteigeuze, die barbarischen Häuptlinge der wilden Sonnen des Herkules, sie alle beugten ihr Knie vor den Valkans, den Herrschern über die halbe Galaxis.

Jetzt herrschte hier Schweigen, und das rote Licht des Antares schien in öde, verlassene Straßen.

»Die Stadt wird wieder leben«, sagte Sohmsei mit Überzeugung. »Jetzt, da Sie heimgekehrt sind, Herr!«

Banning nickte. »Ja«, sagte er wie selbstverständlich.

Eine breite Straße führte durch das Tor in die Stadt hinein, Banning stieg über die Risse und Löcher des Pflasters, über Steinblöcke und Trümmer, die im Wege lagen.

Die beiden Säulen zu Seiten des Stadttores waren aus riesigen Felsblöcken gehauen und trugen bildhafte Verzierungen, Zeugen einer alten, längst versunkenen Kultur.

Sie betraten die Stadt. Die Ruinen der Häuser und Paläste lagen öde und verlassen. Aus den Fenstern, auf den Dächern, wuchsen fremdartige Sträucher. Die Bewohner waren längst dahin. Aber noch die Trümmer zeugten von vergangener Pracht.

In der Ferne, am Ende der breiten Straße, schimmerte der herrliche weiße Palast des Valkans. Eine Allee gigantischer steinerner Statuen führte dorthin.

Bewundernd schaute Banning auf die Steinfiguren. Manche von ihnen waren gestürzt und versperrten jetzt den Weg. Andere hatte der Zahn der Zeit benagt und verstümmelt. Trotzdem boten sie noch heute ein eindrucksvolles Bild.

Banning dachte: Als sie erbaut wurden und wie ein Spalier steinerner Riesen den Eingang des Palastes bewachten, müssen sie ein überwältigendes Symbol der Macht der alten Valkans gewesen sein. Wie klein wird jeder Fremde sich vorgekommen sein, der durch dieses Spalier zum Palast schritt! Wenn er endlich vor dem Thron ankam, wagte er gewiß kaum noch die Augen zu erheben!

Die steinernen Riesen waren ein Sinnbild jenes Geschlechts von Herrschern, die mit mächtiger Hand nach den Sternen griffen.

Die Valkans hatte die Zeit verweht, die Steinriesen waren geborsten, ihre Hände, die sie nach den Sternen ausgestreckt hatten, lagen im Staub. War er dazu berufen, ihre Zeit wieder zum Leben zu erwecken?

Banning schritt die Stufen zum Palast hinauf. Sohmsei hielt ihn zurück. »Der Haupteingang ist zusammengebrochen, Herr, seit Sie uns verlassen haben. Hier herum.« Er führte ihn zu einer kleineren Tür an der Seite des Palastes.

Auch hier war das Gemäuer abgebröckelt. Große Steinblöcke lagen im Weg. Durch das Dach schien der rote Himmel. Aber ein Teil der Bögen und Gewölbe stand noch. Ebenso die schön geschwungenen Galerien, die Wände mit ihren reichen Verzierungen aus behauenem Stein.

Die große Halle mußte Platz für zehntausend Menschen geboten haben. An ihrem entferntesten, im Schatten verschwimmendem Ende bemerkte er einen Thron, zu dem eine Reihe von Stufen hinaufführten.

Sohmsei führte ihn durch den Thronsaal in einen angrenzenden Flügel des Palastes, der weniger verfallen schien. Offenbar hatte man alles darangesetzt, wenigstens diesen Trakt bewohnbar zu erhalten. Er war sauber und gepflegt, man sah, daß erst kürzlich Reparaturen vorgenommen worden waren.

Sohmsei sagte mit seiner weichen, singenden Stimme: »Wir haben alles für Ihre Ankunft bereitgehalten. Wir wußten, daß Sie kommen würden, Herr.«

»Ich danke euch«, antwortete Banning.

Vergeblich kämpfte er gegen seine Rührung an. Ihm war, als sei er wirklich nach Hause gekommen.

Du bist verrückt! warf er sich selbst vor. Du siehst deine Spinnenwesen und ihre Stadt heute zum erstenmal!

Und doch konnte er nicht verhindern, daß ihm alles hier vertraut vorkam.

Langsam wanderte er durch die verlassenen Räume. Nirgends war die Vergangenheit dieses gigantischen Reiches so lebendig wie hier. Jeder Gegenstand, jedes Bild, jede kleine Kostbarkeit sprach von den früheren Bewohnern. Man konnte sich kaum vorstellen, daß sie seit so unendlich langer Zeit nicht mehr waren. Alle Schätze, die sie im Laufe der Jahrhunderte und Jahrtausende von anderen Planeten, anderen Sonnensystemen zusammengetragen hatten, lagen nun nutzlos und verlassen hier. Nur die Arraki bewachten sie.

Ein Zimmer war besonders groß und besonders prunkvoll eingerichtet. Seine hohen Fenster gaben den Blick auf den See frei.

Hier gab es Bücher, Sternenkarten, Modelle von Raumschiffen und andere persönliche Gegenstände, die an seinen früheren Bewohner erinnerten. Alles hier berührte Banning merkwürdig bekannt und vertraut, so als berge der Raum ganz bestimmte Erinnerungen für ihn. Ein großer, bequemer Sessel lud zum Sitzen ein. Banning ließ sich nieder und fühlte sich ganz zu Hause.

Die Tür zu seiner Rechten war geöffnet. Er konnte in ein anderes, hohes Zimmer sehen, in dem ein sehr großes, breites Bett stand; seine Decke trug das gestickte Emblem einer berstenden Sonne, wie die Tunika, die man ihm auf dem Schiff gegeben hatte.

Plötzlich fiel sein Blick auf ein Porträt, das an der Wand über ihm hing. Er erstarrte: das Bild stellte ihn selbst dar!

Ein eisiger Schauer kroch durch seine Adern. Er fühlte, wie Neil Banning zu schwinden und sich aufzulösen begann. Als ob man einen Vorhang beiseite zöge, um ein anderes Bild zu enthüllen.

Er klammerte sich an Neil Banning, klammerte sich an Neil Bannings Erinnerungen, Neil Bannings Vergangenheit, die er kannte. Er hatte Angst vor dem Unbekannten, Ungreifbaren, vor der Persönlichkeit dieses anderen, dieses Kyle Valkan, der ihm fremd war. Er dachte immer noch als Neil Banning. Aber er begann langsam als Kyle Valkan zu fühlen.

Verstört sprang er auf und trat auf die geräumige Terrasse hinaus. Er atmete die fremdartig duftende Luft in tiefen Zügen, um sich zu beruhigen.

Sohmsei war ihm lautlos wie ein Schatten gefolgt. Sie standen nebeneinander an der Brüstung in dem roten Dämmerlicht und schauten auf den See hinunter.

Sohmsei wisperte: »Herr, wir sind glücklich, daß Sie heimgekehrt sind. Lange haben wir gewartet. Wir waren sehr allein.«

»Allein?« wiederholte Banning zerstreut.

Die Zuneigung dieses seltsamen Volkes rührte ihn tief. Diese Wesen, die äußerlich kaum etwas Menschenähnliches an sich hatten, hatten den Valkans durch Jahrtausende die Treue gehalten, trotz des großen Zusammenbruchs. Jahrtausende lebten und warteten sie auf dieser toten, verlassenen Welt. Warteten und hofften.

»Ihr Vater, Kyle Valkan«, sagte Sohmsei, »Ihr Vater war nach Jahrtausenden der erste Valkan, der wieder auf unseren Planeten kam, den alle anderen seit dem Sturz des Alten Reichs furchtsam mieden. Er kam, damit sein Sohn hier geboren würde, hier, wo jeder Stein von der großen Vergangenheit sprach. Er hoffte, Sie würden das Alte Reich eines Tages wieder aufrichten.«

Banning starrte auf den See hinunter, auf den sich langsam die Schatten des Abends legten, und schwieg.

»Ihr Vater«, fuhr Sohmsei bewegt fort, »legte Sie in meine Arme, in der Nacht, nachdem Sie geboren waren. ›Ich übergebe ihn dir, Sohmsei‹, sagte er. ›Sei sein Schatten, sein rechter Arm, sein Schild fürs Leben.‹«

»Das warst du, Sohmsei«, sagte Banning, fast ohne es zu wollen.

»Ja, Herr. Als Ihre Eltern starben, nahm ich Sie ganz in meine Obhut. Ich zog Sie auf, ich lehrte Sie die ersten Schritte. Ich hütete Sie wie mein Augenlicht. Ich haßte sogar Roff, weil er Sie in den Dingen unterweisen konnte, die mir fremd waren.

Ich kannte Sie wie mich selbst, Herr. Aber seit Sie zurückgekommen sind, haben Sie sich verändert.«

»Verändert?« fragte Banning betroffen.

»Ja, Herr. Sie sind nicht mehr derselbe. Sie sehen aus wie immer. Aber im Innern sind Sie ein anderer geworden.«

Unsicher begegnete Banning dem durchdringenden Blick der schwarzen, runden Augen. Eine tiefe Weisheit lag in ihnen. Es schien ihm, als könne dieses Spinnenwesen in seinem Innern lesen wie in einem aufgeschlagenen Buch. Verlegen wandte Banning die Augen ab.

Ein summender Ton über ihnen ließ ihn aufschauen. Etwas glänzte auf wie eine Sternschnuppe, zog eine leuchtende Bahn über den Himmel und sank dann außer Sichtweite. Banning erriet, daß es ein Raumschiff war, das auf dem Plateau landete.

Er fröstelte. Ein eisiger Wind schien vom See her zu wehen. Immer noch fühlte er die klugen Augen Sohmseis auf sich gerichtet.

»Du darfst den anderen nicht sagen, daß ich mich verändert habe«, murmelte er bedrückt. »Wenn sie es erfahren, könnte es mein Tod sein.«

»Sie werden es nicht erfahren«, sagte Sohmsei nur.

Konnten diese Arraki Gedanken lesen? Hatte Sohmsei erkannt, daß er sich innerlich nicht als der Valkan fühlte? Und – konnte er ihm vertrauen?

Es dunkelte rasch. Banning trat ins Zimmer zurück, von Sohmsei gefolgt.

Ein anderer Arraki, kleiner und offenbar jünger als Sohmsei, erwartete ihn und verneigte sich tief, als Banning eintrat.

»Das ist Keesh, mein Sohn«, erklärte Sohmsei. »Er ist noch jung, aber Ihnen ebenso treu ergeben wie ich. Wenn ich tot bin, wird er an meiner Stelle dem Valkan dienen.«

»Herr«, meldete Keesh, »Roff und die anderen kommen. Sollen die Wächter sie eintreten lassen?«

»Laßt sie eintreten«, befahl Banning. »Und bringt sie hierher.«

»Nicht hierher«, wandte Sohmsei ein. »Es ziemt sich, daß Sie sie auf dem Thron empfangen.«

Keesh eilte davon.

Sohmsei führte Banning in den Thronsaal zurück. Auf den Galerien tauchten Arraki mit Fackeln auf und erleuchteten den riesigen Saal.

Durch die zerbrochene Kuppel sah man zwei gespenstische Monde am dunklen Himmel hängen.

Banning folgte Sohmsei durch die große Halle bis zu dem steinernen Thron. Im Gegensatz zu den reichverzierten Wänden und Galerien war der Thronsessel selbst ganz schlicht, roh aus einem einzigen großen Steinblock herausgehauen.

Banning setzte sich, und ein erregtes Flüstern ging durch die versammelten Arraki.

Wenn man auf diesem Thron saß, war es leicht, sich für einen großen König zu halten. Man konnte sich vorstellen, wie die Abgesandten der unterworfenen Planeten durch die riesige Halle kamen, um das Knie vor dem Thron zu beugen und dem König zu huldigen.

König? Neil Banning verliere nicht den Kopf! befahl sich Banning. Du bist kein König, bestenfalls ein Schattenkönig auf einem Phantasiethron. Du hast keine Untertanen als ein paar Arraki, Spinnenwesen, die ein Phantom anbeten. Das Alte Reich existiert nicht mehr! Und du bist nicht einmal der Nachkomme der großen Könige, wie sie glauben. Du bist Neil Banning aus Nebraska, Roffs Strohmann. Roff hat dich hierher gebracht, um seine ehrgeizigen Pläne durchzuführen – wenn du es zuläßt.

Roff und etwa zwanzig andere Männer kamen jetzt durch den Thronsaal geschritten. Sie warfen etwas unbehagliche Seitenblicke auf die Arraki, die sie mit Fackeln begleiteten; es war offenbar, daß die Furcht vor den alten Leibwächtern der Könige noch recht lebendig war.

Banning sah ihnen von seinem Thron aus entgegen. Unter ihnen waren Kapitän Behrent und die anderen Offiziere des

Schiffes, mit dem er gekommen war. Die übrigen Mitglieder der Abordnung kannte er nicht. Sie sahen recht unterschiedlich aus: manche von ihnen hatten die offenen, aufrichtigen Gesichter zuverlässiger Soldaten, die für eine gute Sache kämpften; andere wieder sahen wie Abenteurer und Galgenvögel aus, denen man nicht über den Weg trauen konnte.

Sie blieben zehn Schritte vor dem Thron stehen und verneigten sich. »Heil dem Valkan!« rief Behrent.

Die anderen wiederholten den Gruß, daß die hohe Kuppel widerhallte.

Nun trat Roff einen Schritt vor. Er sagte auf englisch zu Banning: »Lassen Sie mich mit ihnen verhandeln. Ich glaube, ich habe sie bereits für das Unternehmen gewonnen.«

»Welches Unternehmen?« fragte Banning.

»Überfall auf den Rigel«, antwortete Roff leichthin, als handle es sich um eine ganz unbedeutende Kleinigkeit. »Jommor ist auf dem Rigel. Wir werden den Planeten in einem kühnen Handstreich nehmen und Jommor zwingen, Ihnen Ihr Gedächtnis zurückzugeben. Dann werden Sie sich wieder erinnern, wo sich der HAMMER befindet, und uns zu ihm führen, Kyle.«

Die Ungeheuerlichkeit dieses Planes beeindruckte Banning tief. Rigel war die Hauptstadt des Neuen Reichs. Wie konnte Roff hoffen, sie mit einer Handvoll Männer zu erobern? Das war doch der helle Wahnsinn!

Andererseits mußte er sich sagen, daß Roff sehr von seiner Sache überzeugt schien, wenn er so etwas wagen wollte. Dann glaubte also Roff wirklich, den echten Valkan in der Hand zu haben? Nun, es war schwer zu sagen, was Roff glaubte oder nicht glaubte. Dieser Mann ließ sich nicht so leicht in die Karten schauen.

Roff hatte inzwischen begonnen, ihm die Offiziere und Kapitäne der anderen Raumschiffe einzeln vorzustellen. Banning hörte nur mit halbem Ohr hin, während Roff ihm einen Namen nach dem anderen nannte.

Plötzlich flüsterte Sohmsei, der neben dem Thron stand, seinem Herrn ins Ohr: »Herr, seien Sie auf der Hut! Ich fühle, daß einer von ihnen ein Verräter ist! Ich spüre es mit all meinen Sinnen. Aber ich kann Ihnen noch nicht sagen, welcher es ist.«

Banning zuckte zusammen. Er erinnerte sich der sonderbaren Hellsichtigkeit, über die die Arraki verfügten; sie schienen eine Art von sechstem Sinn zu besitzen und die Gedanken der Menschen lesen zu können.

Roff, der die Bemerkung ebenfalls gehört hatte, erblaßte und richtete sich auf. Seine Stimme hallte laut durch den Saal, als er in der Sprache des galaktischen Reichs ausrief:

»Herr, ich habe ihnen gesagt, was Sie vorhaben. Und ich glaube, daß jeder einzelne von ihnen bereit ist, Ihnen zu folgen, Kyle Valkan!«

6

Stürmischer Beifall folgte diesen Worten. Ein Kapitän trat vor, ein breitschultriger Mann mit narbenzerfurchtem Gesicht und einem grimmigen Lächeln. Er beugte das Knie vor dem Thron und rief kampflustig aus.

»Ich folge jedem, der zum Kampf gegen diese Herrscherin aufruft! Jommor zu besiegen, ist ein Kinderspiel. Aber Tharanya – nur ein Valkan kann dieses Wagnis unternehmen.«

Bannings Miene blieb undurchdringlich. Durch Sohmseis Warnung vorsichtig gemacht, bemühte er sich, seine Verwunderung zu verbergen.

Tharanya –

Etwas sagte ihm, daß sie der Schlüssel zur Macht war. Sie allein, nicht Jommor. Wer Tharanya in der Hand hatte, besaß die Herrschaft über die Sterne. Aber wie konnten ein paar entschlossene Männer gegen ein ganzes Reich kämpfen, die Hauptstadt überrennen, Jommor zur Wiedergutmachung seines

Unrechts zwingen, die Herrscherin absetzen? Roff hatte sein Ziel recht hoch gesteckt!

Der Kapitän erhob sich und nannte seinen Namen: »Ich bin Horek, der Befehlshaber des Kreuzers ›Sternenflotte‹ mit hundert Mann Besatzung. Ihre Hand, Valkan. Ich bin der Ihre.«

Banning warf einen Seitenblick auf Sohmsei. »Ist es dieser?« fragte er flüsternd.

Sohmsei schüttelte verneinend den Kopf. Seine klugen, runden Augen glitten prüfend über die Reihe der Offiziere hin.

Banning wandte sich wieder an Horek. »Sie wollen mir also helfen, das Alte Reich wieder zum Leben zu erwecken? Was erwarten Sie von mir? Was verlangen Sie für Ihre Hilfe?«

Horek lächelte kühl. »Ich bin kein Schwärmer. Ich verlange keine Dankbarkeit. Was ich tue, tue ich für Gold. Ein einfacher Handel, nicht wahr? Einverstanden?«

»Ich schätze ein offenes Wort«, gab Banning zurück. »Einverstanden.« Und er reichte dem Kapitän die Hand.

Horek trat zurück.

»Roff«, fragte Banning auf englisch. »Haben Sie den Leuten auch die Einzelheiten Ihres Planes anvertraut?«

»Noch nicht«, antwortete Roff leise. »Lassen wir Sie zuerst den Treueeid leisten. Die Einzelheiten haben Zeit.«

»Sehr weise von Ihnen«, bemerkte Banning zynisch.

Roff hielt seinem Blick stand, ohne mit der Wimper zu zucken. »Ich bin weise, Kyle. Sie werden das bald einsehen lernen.«

Wieder war ein Kapitän vorgetreten. Roff stellte ihn dem Valkan vor: »Sie erinnern sich seiner, Kyle, nicht wahr? Es ist Varthis, der schon früher an Ihrer Seite gekämpft hat.«

»Natürlich«, log Banning. »Ich erinnere mich gut.«

Varthis war einer von denen, die wie ehrenhafte Soldaten aussahen, die für ihre Überzeugung fochten. Hoffentlich muß ich ihn nicht enttäuschen, dachte Banning bekümmert. Weiß ich denn, ob meine Sache die Sache der Wahrheit ist? Da ich doch nicht einmal weiß, wer ich bin –

Er war in diesen Kampf verstrickt worden, ohne die eigentlichen Hintergründe zu kennen. Und er mußte ihn zu dem seinen machen. Roff hatte alles so eingefädelt, daß er gar nicht anders konnte, wenn er am Leben bleiben wollte. Er mußte kämpfen, und er mußte gewinnen, um nicht unterzugehen.

Wenn er in die klaren Augen eines Mannes wie Kapitän Varthis sah, drückte ihn sein Gewissen. Aber er schob die Bedenken beiseite. Was bedeuteten diese Menschen schon für ihn? Varthis, Jommor, Tharanya – sie alle waren ihm nichts als Namen.

Allmählich begann er Gefallen an dem Spiel zu finden. Ihm war, als hätte er sein Leben lang auf einem Thron gesessen und über die Schicksale von Untertanen bestimmt.

Ein Kapitän nach dem anderen wurde ihm vorgestellt und bekam die Ehre eines Händedruckes. Bei jedem einzelnen sah Banning Sohmsei fragend an. Welcher von ihnen war ein Verräter?

Aber Sohmsei gab ihm kein Zeichen, sondern betrachtete nur jeden der Besucher mit gespannter Aufmerksamkeit.

Schließlich blieben nur noch vier übrig. Banning versuchte in ihren Gesichtern zu lesen. Sie sahen alle vier wenig vertrauenerweckend aus.

Der erste von ihnen beugte das Knie, und Roff nannte seinen Namen: »Zurdis. Er war es, der Ihren Rückzug deckte, als –«

In diesem Augenblick ertönte ein markenerschütternder Schrei. Sohmsei stürzte vor, und seine Krallenfinger umklammerten Zurdis' Kehle.

»Dieser!« kreischte Sohmsei.

Ein Gemurmel brandete aus der Versammlung auf. Die Arraki traten aus dem Schatten, bereit, sich auf die Gegner ihres Herrn zu stürzen.

Banning fuhr von seinem Sitz hoch.

»Ruhe!« befahl er herrisch. »Auch ihr, meine Spinnenwesen, bleibt ruhig!«

Die Versammlung erstarrte. Die Spannung knisterte im

Raum. Banning konnte den keuchenden Atem Roffs neben sich hören.

Zurdis lag auf den Knien und rang nach Luft. Wie eiserne Zangen gruben sich Sohmseis Krallen in seinen Hals, daß sein Gesicht blaurot anlief.

»Dieser ist es, Herr«, wiederholte Sohmsei.

Banning befahl: »Laß ihn los, Sohmsei.«

Widerstrebend lockerte der Spinnenmensch seinen Griff. Kleine Blutstropfen zeigten sich am Hals des Kapitäns.

Banning sagte traurig und vorwurfsvoll: »Also Sie, Zurdis. Einer meiner eigenen Leute plant Verrat.«

Zurdis antwortete nicht. Er erhob sich mühsam und warf einen gehässigen, furchtsamen Blick auf Sohmsei. Dann schielte er nach der Tür.

»Reden Sie!« herrschte Banning ihn an. »Verteidigen Sie sich, Zurdis!«

Zurdis machte einen schwachen Versuch, zu leugnen. »Es ist eine Lüge! Alles Lüge!« schrie er zitternd. »Rufen Sie dieses scheußliche Vieh zurück. Es hat kein Recht –«

»Sohmsei«, sagte Banning ruhig und machte eine kaum merkliche Handbewegung.

Sofort streckte der Arraki seinen langen Spinnenarm aus. Zurdis kreischte auf und ging augenblicklich wieder in die Knie.

»Ich werde reden!« winselte er.

Sohmsei ließ ihn los und trat zurück.

»Also gut«, murrte Zurdis und griff nach seinem mißhandelten Hals. »Ich will Ihnen die Wahrheit sagen. Ja, ich habe Sie verraten. Ich hatte keinen Grund, mich auf Ihre Seite zu schlagen. Ich wußte nicht einmal, ob Sie wirklich der Valkan waren. Als Roff mir Nachricht schickte und mich zu dieser Zusammenkunft rief, habe ich alles Jommor mitgeteilt. Er befahl mir, trotzdem hier zu erscheinen und die Lage für ihn auszukundschaften. Ich sollte feststellen, ob Sie der Valkan sind oder nur ein Strohmann, den Roff für den Valkan ausgibt.«

»Und?« fragte Banning.

Zurdis verzog die blassen Lippen zu einem krampfhaften Grinsen. »Sie sind der Valkan«, gab er zu. »Und ich nehme an, daß Sie mich der Rache dieser gräßlichen Spinnen überlassen werden. Aber das wird Ihnen nicht viel helfen. Jommor hat einen Kreuzer entsandt, der nur auf mein Signal wartet, um loszuschlagen. Wenn keine Nachricht von mir kommt, wird man wissen, was geschehen ist, und erst recht angreifen. Es ist ein schwerer Kreuzer der A-Klasse. Ihr habt keine Chance gegen ihn.«

Bestürzung bemächtigte sich der Offiziere. Sie berieten aufgeregt untereinander, und einer von ihnen erklärte:

»Es bleibt uns nichts anderes übrig, als zu fliehen, bevor der Kreuzer zum Angriff übergeht.«

Schon wandten sich die meisten zur Flucht und wollten den Saal verlassen.

Banning wußte, daß er verloren war, wenn sie ihn im Stich ließen. Dieses Bewußtsein gab ihm den Mut der Verzweiflung. Er hielt die Fliehenden zurück und rief ihnen zu:

»Wartet! Verliert nicht den Kopf, Leute! Was geschieht, wenn ihr jetzt zu fliehen versucht? Sie werden uns einholen und uns durch den Raum jagen wie die Hasen!«

Die Leute zögerten. Sie blieben unschlüssig stehen und schauten hilfesuchend auf ihre Kapitäne. Aber auch diese schienen ratlos.

Banning benutzte ihre Unentschlossenheit, um sie für sich zu gewinnen. »Hört mich an! Ich habe einen besseren Einfall.« Er wandte sich zu Roff: »Vergessen Sie Ihren alten Plan. Er ist überholt. Ich habe einen neuen.«

Zögernd und hoffnungsvoll näherten sich die Offiziere wieder dem Thron.

Banning sagte mit lauter, fester Stimme: »Wir wollen in das Herz des Reichs vordringen und seine Herrscherin absetzen? Nun wohl! Warum sollen wir es nicht mit einem ihrer Schiffe tun?«

Langsam begriffen sie. Sie sahen einander an. Ihre Mienen hellten sich auf.

In den Augen Zurdis, der mit seinem Leben abgeschlossen hatte, leuchtete eine plötzliche, neue Hoffnung auf.

»Sie warten auf eine Botschaft«, fuhr Banning fort. »Sie sollen sie haben.«

Er stieg die Stufen vom Thron herunter und gab Sohmsei ein Zeichen. »Ergreif ihn! Aber laß ihn am Leben. Wir brauchen ihn noch.«

Sohmsei gehorchte und packte den Verräter, doch ohne ihn zu verletzen.

»Ihr anderen Arraki, folgt mir!« rief Banning. »Der Valkan führt euch zum Sieg!«

Jubelnd scharten sich die Arraki um ihn. Aber auch die Offiziere riefen aufs neue: »Heil dem Valkan!«

Und Horek, der Kapitän der »Sternenflotte«, schrie mit leuchtenden Augen: »Los, Jungs, wenn ihr den feindlichen Kreuzer haben wollt!«

Banning sah sich nach Roff um und fragte über die Schulter: »Kommen Sie mit?«

Und Roff neigte sich in aufrichtiger Bewunderung und erklärte: »Mit Ihnen, mein Herr und König, bis ans Ende der Galaxis.«

Es war das erstemal, daß Roff ihn mit solcher Achtung behandelte und ihn König nannte.

Die Arraki leuchteten, und der ganze Zug verließ den Palast.

Die Ruinen lagen im Licht der beiden Monde gebadet. Während sie zwischen den Trümmern der steinernen Riesen hindurchschritten, dachte Banning bei sich: Es ist alles ein Traum, der Traum eines Wahnsinnigen. Bald werde ich daraus erwachen. Aber inzwischen muß ich so handeln, wie der Traum es mir eingibt.

Er sah, daß Roff sich wie sein Schatten an seiner Seite hielt. »Roff«, fragte er leise, »hatten Sie wirklich einen festen Plan?«

»O ja. Er hätte vielleicht sogar glücken können. Aber er

hätte uns viele Leute und Schiffe gekostet.«

»Roff –«

»Ja, Herr?«

»Was haben Sie ihnen gesagt, um sie zu diesem Abenteuer zu bewegen? Die Wahrheit?«

»Die halbe Wahrheit. Ich sagte ihnen, daß Jommor den Schlüssel zu dem HAMMER gestohlen hat. Und daß wir ihn zwingen wollen, ihn zurückzugeben. Ich verschwieg ihnen, daß dieser Schlüssel nichts anderes ist als Ihr Gedächtnis. Wenn Sie wüßten, daß Ihnen Ihre eigene Vergangenheit als Valkan fremd ist, wären sie mir nicht gefolgt.«

»Hm. Roff –«

»Herr?«

»Ich möchte, daß Sie in Zukunft nicht mehr für mich handeln. Ich möchte meinen eigenen Weg nach meinem Willen gehen.«

Roff neigte den Kopf. »Ja, Herr. Ich sehe, daß Sie dazu sehr wohl imstande sind.«

Banning dachte: Ob ich nun der Valkan bin oder nicht – ich muß ihn spielen, wenn Neil Banning am Leben bleiben soll.

Sie hatten die Allee mit den Steinfiguren durchschritten und verließen jetzt die Stadt durch das große Tor. Banning hielt einen Augenblick an und schaute zurück. Der weiße Palast glänzte im Mondlicht. Der flackernde Schein der Fackeln schien die steinernen Riesen zu neuem Leben zu erwecken.

Er verabschiedete die Kapitäne, die mit ihren Offizieren zusammen im Wald verschwanden, um zu ihren Schiffen zurückzukehren.

Schließlich setzte Banning mit einer kleinen Gruppe seinen Weg zum Plateau fort: Roff, Behrent, Horek von der »Sternenflotte« und die beiden Arraki Sohmsei und Keesh, die den Verräter Zurdis zwischen sich führten.

Unterwegs sprach Banning auf Zurdis ein, der mit großer Aufmerksamkeit zuhörte.

Roff warnte: »Es besteht die Gefahr, daß seine Leute für ihn kämpfen und versuchen werden, ihn herauszuhauen.«

Banning zuckte die Achseln: »Ich glaube nicht, daß sie sich für einen Verräter schlagen werden. Und sie haben die Besatzungen aller anderen Schiffe gegen sich.«

Zurdis sagte mürrisch: »Ich habe ihnen nichts davon gesagt. Sie wußten nichts von dem Verrat, den ich plante. Sie sind alle treue Anhänger des Valkans.«

»Gut«, sagte Banning befriedigt. »Aber vergewissern Sie sich, Behrent, ob das auch wahr ist.«

Auf dem Plateau stand das Raumschiff, wie sie es verlassen hatten. Banning begab sich sofort in den Funkraum, gefolgt von Roff, Zurdis und den beiden Arraki.

Der Offizier vom Dienst sprang bei ihrem Eintreten auf und grüßte militärisch.

Banning befahl ihm, die Verbindung zu dem wartenden Feindschiff herzustellen. Er schob Zurdis vor das Mikrophon, während Sohmsei seine Krallenfinger leicht um den Hals des Gefangenen legte.

Banning warnte den Verräter: »Sie wissen, daß er Ihre Worte errät, noch bevor Sie sie aussprechen können! Wenn er merkt, daß Sie uns verraten wollen, wird er Ihnen keine Zeit mehr lassen, es zu tun!«

Und Zurdis spürte die Spinnenfinger um seine Kehle und nickte eifrig.

»Sprechen Sie!« befahl Banning.

Eine Stimme meldete sich.

Zurdis begann langsam und sehr deutlich zu sprechen. »Hier ist Zurdis. Ich habe herausgefunden, daß der Mann, den Roff mitgebracht hat, nicht der echte Valkan ist. Ein Teil der Leute ist auf Roffs Trick hereingefallen, aber die meisten haben ihn durchschaut. Sie sind sich noch nicht einig und streiten seit Stunden darüber. Sie befinden sich zur Zeit alle im Thronsaal und sind völlig unentschlossen und kopflos. Die Arraki haben sich in die Häuser der Stadt zurückgezogen. Es sind keine Wachen aufgestellt. Wenn ihr im Dschungel vor dem Stadttor landet, könnt ihr sie überrumpeln und alle gefangennehmen.«

»Gut«, antwortete die Stimme. »Sie sind also sicher, daß der Mann nicht der Valkan ist?«

»Ganz sicher.«

»Ich werde Ihre Botschaft sofort an Jommor weitergeben. Er wird sehr erleichtert sein. Haltet euch bereit. In etwa zwanzig Minuten werden wir vor dem Stadttor landen. Es wird mir eine Ehre sein, Roff und den falschen Valkan persönlich gefangenzunehmen.«

Ein Krachen im Lautsprecher zeigte, daß die Verbindung unterbrochen wurde.

Banning sah Zurdis an. »Was denkt er?« fragte er den Arraki.

»Herr«, antwortete Sohmsei. »Er denkt daran, die Besatzung des Kreuzers zu warnen, sobald sie das Schiff verläßt. Er haßt Sie. Und er sucht fieberhaft nach einer Möglichkeit, Sie doch noch zu verraten.«

»Bringt ihn fort«, befahl Banning kurz.

Die beiden Arraki ergriffen Zurdis, der entsetzt aufschrie.

»Ich will kein unnützes Blutvergießen«, fügte Banning rasch hinzu. »Ihr haftet mir für sein Leben!«

Er ging in seine Kabine zurück und nahm die Waffen an sich, die Roff ihm gegeben hatte. Den Hirnlähmer, der nur für den Nahkampf Verwendung fand. Und die beiden großen Strahlenpistolen, in deren Gebrauch Roff ihn sorgfältig unterwiesen hatte.

Als er an Deck kam, standen Offiziere und Mannschaft in Reih und Glied und erwarteten ihn. Keesh und Sohmsei nahmen sofort ihre gewohnten Plätze an seiner Seite ein.

»Gehen wir«, sagte Banning.

Sie verließen das Schiff und tauchten im Dunkel des Waldes unter. Nur das blasse Licht der beiden Monde schien durch die Zweige.

Plötzlich erschütterte ein Brausen die Luft.

»Da!« schrie Banning. »Dort kommt es! Alles in Deckung!«

Männer und Spinnenwesen duckten sich ins Unterholz.

Ein riesiger schwarzer Schatten senkte sich über den Wald. Einen Augenblick schien es, als falle das Schiff gerade auf sie zu. Und Banning durchfuhr ein eisiger Schrecken, als der Luftdruck die Bäume fast umlegte und einen Sturm entfesselte, der ihnen beinahe die Kleider vom Leib zerrte. Es sah so aus, als sollte das Schiff sie jeden Augenblick zermalmen.

Aber der riesige Schatten fegte über sie hinweg. Eine letzte heftige Böe, dann legte sich der Wind. Die Zweige richteten sich wieder auf.

Das Schiff landete auf einer Lichtung in unmittelbarer Nähe ihres Verstecks.

»Jetzt!«

Wie ein Gewitter brachen Banning und seine Schar aus dem Dickicht hervor.

Die Besatzung des Kreuzers war im Begriff, das Schiff zu verlassen. Zurdis' verräterische Durchsage hatte sie in Sicherheit gewiegt. Sie erwarteten keinen Angriff und hatten keinerlei Sicherheitsmaßnahmen getroffen.

Der Überfall traf sie völlig überraschend. Entsetzt stoben sie auseinander, als die Angreifer so unversehens aus dem Dunkel des Waldes auftauchten.

Bannings Leute stürzten sich mit Todesverachtung auf den weit überlegenen Gegner. Schüsse peitschten durch die Nacht. Strahlenpistolen flammten auf. Die Scheinwerfer des Schiffes beleuchteten den Kampfplatz und verwandelten die Landschaft in ein Gewirr grellen Lichtes und schwarzer Schatten. Unheimlich hoben sich die gespenstischen Silhouetten der Arraki zwischen denen der kämpfenden Männer ab.

Banning rannte auf die Rampe zu. Sohmsei und Keesh hefteten sich dicht an seine Fersen. Mit wilden Schreien feuerte Banning seine Leute an. Er kannte sich selbst nicht wieder. Er war wie in einem Rausch. Keine Sekunde lang fürchtete er für sein Leben. Er war nur vor dem einen brennenden Wunsch erfüllt: zu siegen!

Mit den Arraki im Gefolge lief er die Rampe hinauf und betrat das Innere des Schiffes. Er durchquerte die Schleuse und trieb den noch im Schiff befindlichen Teil der Besatzung zurück. Er stieß kaum auf nennenswerten Widerstand. Das bloße Erscheinen der Arraki verbreitete lähmendes Entsetzen unter der Mannschaft. Sie alle hatten von diesen schrecklichen Fabelwesen gehört, den Leibwächtern der alten Könige; aber keiner hatte sie je mit eigenen Augen zu sehen bekommen. Als sich nun die Flut der riesigen Spinnen wie ein Sturzbach über das Schiff ergoß, sank selbst dem Tapfersten der Mut.

Die Arraki hielten sich an Bannings Befehl: sie vermieden unnötiges Blutvergießen und begnügten sich damit, den Feind zum Rückzug zu zwingen. Es dauerte keine halbe Stunde, bis sie das Schiff in ihre Hand gebracht und ganz vom Feind gesäubert hatten.

Keesh und Sohmsei waren in den Funkraum eingedrungen, bevor der Funker noch begriff, was geschah.

Banning kehrte auf die Brücke zurück. Sein Atem keuchte. Aus einer Wunde im Gesicht sickerte Blut. Er war überrascht über seinen eigenen Mut und über die wilde Erregung, die sich seiner bemächtigt hatte.

Roff kam angerannt und meldete atemlos: »Der Kampf ist zu Ende, Herr. Das Schiff ist in unserer Hand!«

Banning wischte sich das Blut aus dem Gesicht und lachte grimmig. Er streckte die Hand aus, und Roff ergriff sie und führte sie an seine Stirn.

Von allen Seiten strömten jetzt die Arraki herbei.

»Kommt, Freunde«, sagte Banning und führte sie hinaus, wo seine Leute die Gefangenen unter den Bäumen aufgereiht hatten. Die Besiegten sahen niedergeschlagen und sehr verstört aus, als könnten sie noch gar nicht begreifen, was geschehen war.

»Und nun?« fragte Banning leise.

»Nun auf zum Rigel!« antwortete Roff entschlossen. »Wir werden den Rigel unterwerfen und Jommor besiegen. Dann werden Sie wieder der sein, der Sie waren, Kyle Valkan, der Herr des HAMMERS!«

Banning schaute zum Himmel auf, wo das Herz des Reiches um seine Sonne kreiste.

»Auf zum Rigel!« wiederholte er.

7

Durch das Heer der Millionen Sterne verfolgte die »Sonnenfeuer« unbeirrbar ihren Weg, dem Rigel entgegen. Dem äußeren Anschein nach war das Schiff das gleiche wie immer: eines der gigantischsten und technisch vollkommensten Fahrzeuge des Raums, eine fliegende Festung, mit einer vollständigen Mannschaft in den tadellosen Uniformen der königlichen Flotte, mit den üblichen Waffen der Flotte ausgerüstet.

Aber der äußere Schein täuschte. Die Besatzung bestand ausschließlich aus Bannings Leuten, aus Feinden Jommors, die dem Valkan treu ergeben waren.

Roff hatte den Schlüssel des Geheimkodes ausfindig gemacht, in dem die Boschaften an die Regierung selbst gefunkt wurden.

»Wenn wir etwas Glück haben«, meinte er, »wird niemand Verdacht schöpfen.«

Banning stellte eine Botschaft zusammen und funkte sie über das Hyperraumradio: »Rückkehre mit Verschwörern an Bord. Bitte um strengste Geheimhaltung und Vermeidung jeglichen Aufsehens.« Er unterzeichnete die Nachricht mit dem Namen des »Sonnenfeuer«-Kapitäns, der unter Bewachung der Arraki auf Katuun zurückgeblieben war.

In kurzer Zeit erhielten sie die Antwort: »Kommt direkt zum Winterpalast. Freie Durchfahrt ist bereits veranlaßt. Tharanya.«

Roff grinste hämisch. »Zum Winterpalast! Welche Ironie des Schicksals. Dort war es, wo Jommor seinerzeit den Eingriff an Ihnen vornahm. Dort glaubte er den Valkan für alle Zeiten ausgeschaltet zu haben. Er wird sich wundern! Übrigens liegt der Winterpalast für unsere Zwecke besonders günstig, ganz abgelegen, mit einem eigenen Flugfeld.«

»Um so besser«, sagte Banning.

Horek warf bedenklich ein: »Aber die Kerkermauern sind nirgends so dick und undurchdringlich wie im Winterpalast, vergeßt das nicht ganz!«

Banning lachte sorglos. »Ich fürchte, Horek, Sie werden an Bord bleiben müssen. Ihr Gesicht kann nicht lügen. Wer in Ihre aufrichtigen Augen sieht, weiß sofort, was los ist.«

Seine Erregung wuchs, je näher sie dem Ziel kamen. Kampf und Abenteuer hatten eine Seite seines Wesens entfaltet, die ihm selbst bisher unbekannt gewesen war. Schon allein dieser Flug durchs All war ein Ereignis, wie er es sich in seinen kühnsten Träumen nicht vorgestellt hatte.

Was ihn aber mehr als alles andere beschäftigte, war die Erwartung dessen, was ihm noch bevorstand. Und vor allem ein Name: Tharanya.

Er konnte seine Ungeduld kaum bezähmen, diese Frau endlich zu sehen. Zu wissen, wie sie aussah, ihre Stimme zu hören. Und zu erfahren, was für ein Mensch sie war, sie, die die Herrschaft über die Sterne in ihren kleinen Händen hielt.

Er fragte Roff nach ihr aus.

Aber Roff sagte nur: »Sie wird dort sein, begierig, den falschen Valkan zu sehen und zu verurteilen. Und Jommor wird bei ihr sein. Nicht nur, weil er ihr Kanzler und Ratgeber ist. Er hat noch andere Gründe. Wir werden sie beide auf einen Streich in unsere Gewalt bekommen.«

Die Erwähnung Jommors jagte Banning einen Schauer durch das Rückenmark. Er scheute sich davor, Jommor jetzt schon gegenüberzutreten. Diese Begegnung würde die letzten Zweifel an der Wahrheit über Neil Banning beseitigen. Und davor hatte er Angst. Er sagte sich vergebens, daß er nichts zu fürchten hatte, daß er Neil Banning war und alles andere nur Trug und Täuschung. Trotzdem konnte er nicht verhindern, daß er Angst vor dem letzten Beweis hatte.

Horek lächelte verzückt vor sich hin. »Wenn wir sie haben, haben wir auch das Geheimnis der HAMMERS. Und dann gehört uns das ganze Universum! Denn wir haben nicht nur den HAMMER, sondern auch einen Valkan, der ihn zu schwingen versteht!«

Der HAMMER ... O ja, auch daran hatte Banning viel gedacht. Er hatte sich die Bordwaffen besehen, die Atomkanonen, die Strahler, und sie alle waren ihm schrecklich und tödlich erschienen. Wie schrecklich mußte erst der HAMMER sein, den die ganze Galaxis fürchtete!

Die »Sonnenfeuer« raste durch das All, auf den fernen Rigel zu. Je näher sie dem Ziel kamen, desto mehr wuchs die Spannung auf dem Schiff.

Kapitän Behrent, der früher in der Kriegsflotte gedient hatte, unterwies seine Leute im Gebrauch der Bordwaffen und bereitete sie auf den Kampf vor.

Banning schlief nur wenig. Die meiste Zeit beriet er sich mit Roff, Horek und den anderen Kapitänen oder studierte die Sternenkarten. Sohmsei und Keesh waren immer um ihn wie zwei treue Hunde. Er hatte die beiden Arraki auf Katuun zurücklassen wollen. Aber Sohmsei hatte ihn beschworen, sie mitzunehmen.

»Sie sind einmal ohne mich gegangen, Herr«, sagte er. »Und es wurden lange Jahre des Wartens.«

Sie erreichten den ersten Schutzgürtel, der die Hauptwelt des Neuen Reichs umgab, und passierten mehrere Kontrollen. Aber der Funkspruch, mit dem sie sich auswiesen, öffnete ihnen jedesmal den Weg. Jede Patrouille war von ihrer Ankunft unterrichtet und angewiesen, ihnen freie Bahn zu schaffen.

Bald brannte der Rigel vor ihnen in seinem blauen Feuer. Die »Sonnenfeuer« verlangsamte ihre Beschleunigung und strebte auf den dritten Planeten des Systems zu, um zur Landung auf seiner Schattenseite anzusetzen.

»Wir brauchen die Dunkelheit«, erklärte Roff. »Sie wird uns

einen unschätzbaren Vorteil geben.«

Sie passierten auch den inneren Patrouillengürtel ohne Schwierigkeiten und nahmen Funkverbindung mit den Landesstationen auf.

»Hier Sonnenfeuer!« tickte es durch den Äther. »Erbitten Landeerlaubnis!«

Und die Antwort lautete: »Sonnenfeuer, Landebahn anfliegen! Aller anderer Flugverkehr wird ab sofort gestoppt!«

Der Planet wuchs auf dem Bildschirm zu einer gewaltigen, zackigen Masse, die das blaue Licht des Rigel verdeckte. Die Schatten nahmen das große Schiff auf.

Bannings innere Spannung erreichte ihren Höhepunkt. Seine Ruhe und Kaltblütigkeit überraschten ihn selbst. Wer immer er war, Neil Banning oder Kyle Valkan, er wußte, daß er in den kommenden Stunden seinen Mann stehen mußte. Und er war entschlossen, sich wie ein König zu halten, was auch kommen mochte.

Offiziere und Mannschaft standen bereit und unter Waffen. Zum erstenmal rief Banning sie alle zusammen.

»Ein Teil der Mannschaft bleibt an Bord«, ordnete er an. »Das Schiff muß jede Sekunde startbereit sein. Das heißt, daß wir notfalls nicht in Minuten, sondern in Bruchteilen von Sekunden den Planeten verlassen können!«

Banning, Horek und einige andere sollten bei der Ankunft die »Verschwörer« spielen, die Roff angeblich gefangengenommen hatte. Tawn und Landolf gehörten zu den »Wächtern«.

»Ich hoffe, ihr wißt alle, was ihr zu tun habt«, sagte Banning abschließend. »Der Rest hängt vom Zufall und vom Glück ab.«

»Fertigmachen zur Landung!« tönte eine metallene Stimme aus dem Lautsprecher.

Banning warf einen Blick auf den Sichtschirm. Sie flogen jetzt über eine große Stadt hin, die einen halben Kontinent zu füllen schien, mit einem Meer aus Lichtern und Farben. Dunkle Landstriche umgaben die Hauptstadt. Und in einiger Entfernung davon glänzte ein einzelner Lichtpunkt.

»Der Winterpalast«, erklärte Roff.

Banning fühlte sein Herz schneller schlagen. Der Winterpalast! Das bedeutete: Tharanya ...

Er warf den Kopf zurück und sagte laut: »Macht euch bereit! Und vergeßt nicht: Kein Blutvergießen, wo es nicht unbedingt nötig ist! Tharanya und Jommor müssen in jedem Fall lebend und unverletzt in unsere Hände kommen!« Zu den beiden Arraki sagte er noch: »Euch darf man zuerst nicht sehen. Haltet euch im Schatten, bis ich euch rufe.«

Tawn und Landolf stellten ihre »Wachen« auf, die die angeblichen Gefangenen in den Palast führen sollten. Banning zog die Kapuze seiner Tunika über sein Gesicht und wartete mit klopfenden Pulsen.

Das Schiff landete in einer sanften Kurve.

Kommandorufe ertönten, Schritte hallten über Deck. Die Wachen trieben ihre »Gefangenen« über die Rampe hinunter, wo noch ein Wachtrupp der Palastgarde zu ihnen stieß.

Während sie über das Flugfeld gingen, bemerkte Banning zu seiner Erleichterung, daß keine anderen Raumschiffe auf dem Feld lagen. Offenbar hatte man die Landebahn eigens für die ungestörte und diskrete Ankunft der »Sonnenfeuer« geräumt. Um so besser! So würde das Schiff bei einem überstürzten Start wenigstens nicht behindert werden!

Von der doppelten Eskorte begleitet, überquerten sie das Flugfeld und gingen auf den weißschimmernden Palast zu, der in einem Lichtermeer erstrahlte.

Banning bewunderte die herrliche Architektur des Gebäudes, den prachtvollen Garten mit seinen märchenhaften, unbekannten Pflanzen und Bäumen, Alleen und Wasserspielen.

Vor zehn Jahren hatte man den Valkan hierhergebracht – und als ein anderer hatte er den Winterpalast wieder verlassen. Als Neil Banning, Erdenmensch, mit einem synthetischen Gedächtnis. Dieser Neil Banning war es, der heute zurückkam. Er war nicht mehr der Valkan. Aber vielleicht würde er es wieder sein.

Banning schauderte, obwohl die Nacht lau war.

Horek flüsterte ihm zu, indem er nach dem westlichen Flügel des Palastes deutete: »Dort befindet sich Jommors Laboratorium.«

»Es ist den Gefangenen verboten, miteinander zu reden!« schnauzte Tawn ihn an, um den Palastwächtern gegenüber den Schein zu wahren.

Sie stiegen die breiten Stufen zum Hauptportal hinauf. Banning warf einen verstohlenen Blick über die Schulter zurück. Dort, wo der Schatten am tiefsten war, glaubte er zwei dunkle Gestalten ihnen folgen zu sehen.

Sie betraten eine lange, hohe Halle, deren Wände aus vielfarbigem, schimmerndem Stein bestand. Der Fußboden war spiegelglatt polierter schwarzer Marmor. Eine sanft geschwungene Treppe führte zu einer Galerie hinauf.

Am Fuß der Treppe stand ein Mann und schaute ihnen mit finsterem Blick entgegen. Banning wußte sofort: das konnte nur Jommor sein! Und er fühlte eine Welle von Haß in sich aufsteigen.

Er war erstaunt, einen verhältnismäßig jungen Mann vorzufinden. Er hatte sich unter dem Ratgeber der Herrscherin einen gebeugten, bärtigen Alten vorgestellt. Aber Jommor war groß und muskulös, mit einer scharfen Nase und harten Zügen. Er sah eher wie ein Mann des Schwertes aus als wie ein Staatsmann und Gelehrter. Nur seine Augen verrieten einen überragenden Geist, der dem seiner Untertanen weit überlegen war.

Trotz bäumte sich in Banning auf. Wir wollen sehen, wer von uns der Stärkere ist! dachte er grimmig.

Die Wachen hielten an und grüßten Jommor.

Banning hob den Blick und sah die Frau die Treppe herunterkommen. Und er vergaß Jommor, vergaß die Wachen, Gefahr und Tod. Er sah nur noch Tharanya.

Unwillkürlich trat er einen Schritt vor, so daß er die Reihe der Wächter durchbrach. Sie packten ihn sofort, um ihn zurückzustoßen. Dabei fiel die Kapuze auf seine Schultern zurück und gab sein Gesicht frei.

Jommor ließ einen überraschten Ausruf hören.

Die Frau stieg die letzten Stufen herunter und stieß einen Namen hervor: »Kyle Valkan!«

Sie war schön. Und sie war zornig. Haß und Zorn loderten in ihr wie eine Flamme, die durch die weiße Haut schien und aus ihren blauen Augen sprühte. Und trotzdem fühlte Banning sich seltsam zu ihr hingezogen, und ihr Haß berührte ihn nicht.

Er bewunderte die Anmut ihrer Bewegungen, ihren stolzen und graziösen Gang. Er wollte ihr entgegengehen, aber die Wächter hielten ihn zurück.

Sie sah ihn an. Er fühlte deutlich, daß hinter ihrem Haß noch etwas anderes war. Aber was? Er hatte keine Zeit, darüber nachzudenken.

Sie herrschte ihn an: »Narr! Ich habe dir dein Leben geschenkt! Warum konntest du dich nicht damit zufriedengeben? Warum mußtest du wiederkommen?«

»Würdest du mich noch achten, wenn ich mich damit zufriedengegeben hätte?« fragte er ruhig.

Sie durchbohrte ihn mit ihren Blicken. Er ahnte, daß sie ihn auf der Stelle getötet hätte, wenn sie einen Dolch bei sich getragen hätte.

»Diesmal«, sagte sie, »kann ich dich nicht retten. Und ich würde es auch nicht tun, wenn ich es könnte.«

Jetzt kam Leben in Jommor, der bisher wie erstarrt dagestanden hatte. Er trat neben die Königin, als wollte er sie beschützen. Banning erinnerte sich der Andeutungen, die Roff ihm gemacht hatte. Wo waren die Hintergründe für die Feindschaft zwischen Jommor und dem Valkan zu suchen?

Banning lachte leise. »Du hast mich einmal gerettet, kleine Königin. Warum? Und du hast all die Jahre auf mich gewartet, auch wenn du es nicht zugeben willst. Nicht wahr, Jommor? Zehn Jahre lang hat sie sich geweigert, einen Gefährten zu sich auf den Thron zu erheben, trotz des Drängens ihres Volkes. Und du, Jommor, warst in all den Jahren nicht imstande, sie für dich zu gewinnen!«

Ein Aufblitzen in Jommors Augen zeigte Banning, daß er ins Schwarze getroffen hatte. Aber noch etwas anderes sah er in diesem Blick: Er hatte Jommor von vornherein als seinen Feind betrachtet. Als ein Mann, der vor nichts zurückschreckte, um die Macht an sich zu reißen. Jetzt erkannte er blitzartig, daß Jommor nicht nur die Macht liebte: er liebte Tharanya. Und das war ein Gefühl, das Banning unwillkürlich Achtung einflößte.

Aber es verminderte seinen Haß nicht. Im Gegenteil: dieser Mann war sein Rivale. Und zwischen ihnen war ein Kampf unvermeidlich.

Bevor Jommor noch Zeit hatte, den Wächtern einen Wink zu geben, warf sich Banning auf ihn und packte ihn an der Kehle.

Entsetzen malt sich auf den Gesichtern der Palastwache, um so mehr, als die anderen »Wächter« sich plötzlich auf sie stürzten und sie abdrängten.

Jommor riß sich mit übermenschlicher Anstrengung los und stieß seinen Gegner zurück. Sekundenlang war sein Blick leer und stumpf vor Überraschung.

Banning rief seinen Leuten etwas zu, und sie antworteten mit dem donnernden Ruf: »Heil dem Valkan!«

Bestürzt und verwirrt wichen die Palastwachen zurück. Jommor sah sich verzweifelt um. Dann rief er Tharanya zu: »Lauf, Tharanya! Sie wollen dich ergreifen! Hole Verstärkung! Wir halten sie so lange zurück, wie wir können!«

Banning wollte an ihm vorbei zu Tharanya, aber Jommor warf sich dazwischen. Die beiden Männer rangen verbissen, während Tharanya kehrtmachte und wie ein gehetztes Wild die Treppe hinauffloh.

Er wollte ihr folgen, sie einholen, bevor sie über die Galerie verschwinden und Hilfe herbeiholen konnte. Aber Jommor hielt ihn wie mit eisernen Zangen fest. Und Jommor war ein starker Gegner. Er trug keine Waffen und wollte mit aller Gewalt verhindern, daß Banning von den seinen Gebrauch machte.

Banning war es gelungen, den Hirnlähmer aus seiner Tunika zu ziehen. Jommor merkte es, packte sein Handgelenk und verdrehte es mit aller Kraft. Er zwang Banning schließlich, die Waffe fallenzulassen.

Von draußen wurden Schreie und Schüsse hörbar. Offenbar hatte die Hauptmacht von Bannings Streitkräften inzwischen den Palast gestürmt. Alles ging gut. Aber er mußte Tharanya haben. Ohne sie fiel ihr ganzer Plan zusammen wie ein Kartenhaus! Und sie hatte fast die obere Galerie erreicht. Wenn sie erst einmal verschwunden war, würde es ihnen kaum gelingen, sie wiederzufinden. Sicher gab es geheime Ausgänge aus dem Palast. Alle Könige sorgten dafür, sich den Rücken freizuhalten.

Er versuchte, sich verzweifelt aus Jommors Umklammerung zu befreien. Aber dieser rief triumphierend: »Zu spät, Valkan! Sie erreichen sie nicht mehr!«

Es gelang Banning, einen Arm freizubekommen. Er holte aus und schlug Jommor mit der geballten Faust auf den Mund. Blut trat aus seinen Mundwinkeln; trotzdem ließ er nicht locker.

Tharanya hatte die obersten Stufen erreicht und entschwand ihren Blicken. Jommors Griff erschlaffte. Er murmelte: »Sie haben verloren.«

Eine blinde Raserei kam über Banning, ein wilder Haß. Er packte seinerseits den Gegner an der Gurgel und versuchte, ihn zu erdrosseln, ohne zu bedenken, daß er damit seinen eigenen Plan zunichte machen würde. Den vereinten Kräften von Roff und Horek gelang es schließlich, die beiden Todfeinde zu trennen.

Keuchend erhob sich Banning. Sein Blick ging nach der Treppe. Aber Tharanya war verschwunden.

»Wir müssen sie finden!« rief Roff. »Rasch, sonst ist alles verloren!«

Banning rief nach den Arraki. Zu Roff sagte er: »Lassen Sie Jommor festhalten. Wir werden ihn brauchen.«

Er rannte die Treppe hinauf, drei Stufen auf einmal nehmend. Die beiden Arraki kamen aus dem Park gelaufen.

Die vielfüßigen Schatten der Arraki eilten den Korridor entlang. Sohmsei schien seine Fährte zu wittern wie ein Tier. »Noch nicht!« murmelte er atemlos. »Nein, auch hier nicht. Auch hier nicht. Aber – hier!«

Er hielt jäh vor einer Tür an. Sie war verschlossen, wie alle anderen. Kein Laut drang heraus.

Banning sprang vor und wollte nach der Klinke greifen. Aber Keesh hielt ihn hastig zurück.

»Sie warten. Drinnen.«

Banning zog die Pistole aus dem Gürtel. Er hoffte, er würde keinen Gebrauch von ihr machen müssen. Er sah sich um. Am Ende des Korridors befand sich ein Fenster. Er schlich dorthin und schaute hinaus.

Draußen schien alles ruhig zu sein. Er konnte die »Sonnenfeuer« auf dem Flugfeld liegen sehen. Er streckte den Kopf aus dem Fenster und bemerkte ein zweites in einiger Entfernung; es mußte zu dem Zimmer gehören, in dem man auf ihn lauerte.

Er zeigte es Sohmsei. »Könnt ihr dorthin gelangen?«

Sohmsei lachte. »Eine Kleinigkeit, Herr! Zählen Sie dreimal bis zehn, bevor Sie die Tür aufbrechen!«

Die beiden Arraki schwangen ihre langen Spinnenbeine über das Fenstersims und kletterten hinaus. Banning konnte ihre scharfen Klauen über die Außenmauer schlurfen hören.

Er ging langsam zu der Tür zurück und zählte. Horek und Roff kamen die Treppe heraufgekeucht, als er gerade die Tür erreichte.

»Wir haben Jommor!« schrie Banning durch die geschlossene Tür. »Ergebt euch, wenn ihr nicht wollt, daß er stirbt!«

»Nein!« brüllte Jommor ebenso. »Feuert! Nehmt keine Rücksicht auf mich!«

Banning zählte bei sich weiter. Zwanzig . . . Fünfundzwanzig . . . Er glaubte durch die Tür Tharanyas Stimme zu vernehmen, die einen Befehl gab. Dreißig!

Er trat die Türfüllung ein und warf sich gegen das Schloß, das nachgab. Sein ganzer Körper spannte sich vor Erwartung. Er war jeden Augenblick darauf gefaßt, von Kugeln durchlöchert oder von Strahlen versengt zu werden.

Aber nichts dergleichen geschah.

Eine Frau schrie hysterisch auf, dann eine zweite.

Acht oder zehn Wächter standen vor einer Gruppe von Dienerinnen, ihre Pistolen unschlüssig in den Händen.

Im gleichen Augenblick klirrte die Fensterscheibe in ihrem Rücken in Scherben. Die beiden Spinnenwesen krochen durch das Fenster. Ihr Erscheinen löste eine Panik unter den Weibern aus, und selbst die Wächter ließen entsetzt ihre Waffen fallen.

Banning warf einen Blick auf die Gruppe und hielt enttäuscht ein. Tharanya war nicht unter ihnen.

Im Hintergrund führte eine Tür zu einem anderen Zimmer.

Während des Handgemenges, das sich zwischen den Wächtern und Bannings Gefolge entspann, versuchte sich Banning seinen Weg bis zu dieser Tür zu bahnen. Aber die beiden Arraki waren schneller und erreichten sie vor ihm. Sie rissen die beiden Flügel auf.

Ein prunkvolles Schlafzimmer lag dahinter. Die Wände waren aus gelbem Brokat. Ein Betthimmel aus dem gleichen Material überwölbte ein breites Lager mit seidenen Kissen.

In einer Wand befand sich eine Tapetentür, die sich noch bewegte. Es war deutlich zu sehen, daß jemand soeben dort hinausgeschlüpft sein mußte und die Geheimtür hinter sich zuzog.

Kein Mensch hätte sich durch jenen schmalen Schlitz zu drängen vermocht. Aber die beiden Arraki waren keine Menschen. Mit einem Satz waren sie an der Tapetentür und schlüpften hindurch.

Ein Schreckensschrei gellte auf.

Sohmsei kam zurück. Tharanyas leblosen Körper auf den Armen. Er legte ihn auf das breite Bett und sagte entschuldigend: »Herr, wir haben sie nicht verletzt. Es war der Schreck, der sie ohnmächtig werden ließ.«

Banning lächelte. »Sie wird wieder zu sich kommen. Ich danke euch, meine Freunde. Seht jetzt nach, ob noch jemand in jenem Geheimgang versteckt ist.«

Er beugte sich über das Bett und ergriff Tharanyas Hand. Ihr Puls ging schwach, sie atmete leicht oberflächlich. Ihre Haut war sehr blaß und durchscheinend. Ihr feuerrotes Haar breitete sich auf dem Kissen aus.

Banning hatte keinen anderen Wunsch, als hier zu stehen und sie anzusehen. Er vergaß alles um sich her und starrte wie bezaubert auf sie hinunter.

Roff war es, der ihn aus seinen Gedanken riß. »Herr, kommen Sie! Wir haben noch viel vor uns!«

Die beiden Arraki kamen von ihrem Erkundungsgang zurück.

»Nichts«, berichtete Sohmsei. »Alles ist still.«

Roff sagte: »Wir werden die Arraki brauchen, Kyle!«

Banning war es, als ob er aus einem Traum erwachte. Er richtete sich auf. Es war soweit. Der Augenblick, den er gefürchtet hatte, war gekommen.

8

Das Laboratorium war überwältigend. Nie hatte Banning etwas Ähnliches gesehen. In einer hohen, weißen Halle waren Hunderte von Maschinen und Instrumenten aufgereiht, deren Zweck er auch nicht annähernd erraten konnte. Eine gigantische Kontrolltafel nahm fast die ganze Stirnwand ein. Skalen leuchteten auf, Lichtzeichen zuckten, Zeiger schlugen aus, unsichtbare Hände schrieben geheimnisvolle Kurven.

Es war unheimlich still. Aber man fühlte deutlich die ungeheuren Kräfte, die hier gespeichert lagen. Nur ein Mann, der die Wissenschaften meisterte wie dieser Jommor, konnte das Reich der Sterne beherrschen.

Mit verschlossenem Gesicht hörte Jommor Roff zu, der auf ihn einredete. Die beiden Arraki standen hinter seinem Stuhl. Sie berührten ihn nicht, aber ihre scharfen Klauen waren jede Sekunde griffbereit.

In einem Sessel lehnte Tharanya. Sie war aus ihrer Ohnmacht erwacht und hatte sich etwas erholt. Aber ihr Gesicht war immer noch kreideweiß. Die blauen Augen darin glühten wie zwei Saphire. Sie starrte Banning an. Sie schien nichts anderes zu sehen.

Als Roff geendet hatte, sagte Jommor langsam: »Das also wollt ihr von mir! Ich hätte es erraten sollen.«

Tharanya richtete sich auf. Ihre Augen blitzten zornig. »Nein!« rief sie beschwörend. »Tu es nicht, Jommor! Wenn du ihm sein Gedächtnis wiedergibst, wird er unser Reich zerstören!«

Roff zuckte die Achseln in spöttischem Bedauern. »Mir scheint, ihr habt keine Wahl.«

Tharanya ließ Banning keine Sekunde aus den Augen. Sie beachtete Roff gar nicht. Sie sprach zu Banning. Bitterer Vorwurf klang aus ihrer Stimme.

»Du warst schon einmal nahe am Ziel. Ich hätte wissen müssen, daß du nicht aufgeben würdest! Damals hast du mich dazu überredet, dir Einblick in die alten Archive zu geben. Du fandest die Karten, die dir den Weg weisen sollten. Und mit ihrer Hilfe gingst du auf die Suche nach dem HAMMER, der uns alle vernichten sollte.«

»Glaubst du das wirklich?« fragte Banning leise.

Ihre Augen sprühten Zorn und Haß. »O ja! Du glaubtest über mich zu triumphieren! Du kanntest meine Gefühle für dich und hast sie ausgenützt.«

»Tharanya –!« warf Jommor erschrocken ein.

Aber sie fuhr fort, ohne ihn zu beachten. »Es war leicht, eine Frau zu überreden! Aber du warst nicht schnell genug. Wir holten dich ein, Jommor und ich! Das rettete das Reich. Jommor war klüger als ich: er wollte dich töten. Mir fehlte der Mut dazu. Ich bat ihn, dich zu schonen. Wir nahmen dir nur deine Erinnerung und setzten dich auf einem unbedeutenden Planeten am Rande der Galaxis aus, wo wir vor dir sicher zu sein glaubten.«

Roff warf ein: »Es war eine gute Wahl. Es kostete mich Jahre heimlicher Suche, bis ich ihn dort fand.«

Zum erstenmal wandte sich Tharanya an den großen, dunklen Mann. »Jetzt haben Sie ihn. Und Sie verlangen, daß Jommor ihm sein Gedächtnis wiedergibt, damit Sie auch den HAMMER in Ihre Gewalt bekommen können!«

Roffs Augen funkelten in unverhohlenem Triumph: »Ja«, antwortete er. Und zu Jommor gewandt: »Hören Sie, Jommor. Ich weiß, daß Sie sein Gedächtnis wiederherstellen können. Und Sie werden es tun. Sie werden es tun, weil Sie Tharanyas Tod nicht wollen.«

Jommor senkte finster den Kopf. »Ich wußte, daß ihr mich auf diese Art dazu zwingen würdet«, murmelte er.

»Nun?«

Jommors Augen suchten Tharanya. Tharanyas Blick war immer noch starr auf Banning geheftet. Jommors Gesicht wurde grau.

»Ihr habt mich in der Hand. Ich habe keine Wahl. Ich muß es tun.«

Bannings Herz hämmerte wie rasend gegen seine Rippen. Immer näher kam das Unvermeidliche auf ihn zu.

Er fragte mit heiserer Stimme: »Wie lange wird es dauern?«

Sekunden, Stunden, Jahrhunderte – wie lange brauchte man, um einen Menschen in einen anderen zu verwandeln? Um seine ganze Persönlichkeit zu ändern? Seine Vergangenheit auszulöschen?

Wenn das alles kein Traum, sondern Wirklichkeit war – würde er sein Ich als Neil Banning ablegen wie ein Kleidungsstück? Würde er seine vertrauten Erinnerungen ganz verlieren? Und würde es ihm etwas ausmachen, eine Persönlichkeit zu verlieren, die doch nie seine wahre gewesen war? Tausend Fragen, auf die er keine Antwort wußte.

Jommor erhob sich langsam. Sein Gesicht war ausdruckslos wie eine Maske. Er sagte: »Eine Stunde. Vielleicht weniger.«

Tharanya zuckte zusammen und wandte sich zu ihm um. Sie sah ihn an, als traute sie ihren Ohren nicht. Dann schrie sie Jommor an: »Nein, ich verbiete es dir, es zu tun! Hörst du, Jommor? Ich verbiete es dir! Gleichgültig, womit sie uns drohen . . .«

Sohmsei hob die Klauenhand und legte sie sanft auf ihre Schulter. Sie fuhr entsetzt zurück, das Wort blieb ihr im Hals stecken. Aber der Arraki berührte sie nur leicht und war darauf bedacht, ihr nicht weh zu tun. Er sagte zu Banning:

»Herr, ihr Mund spricht zornige Worte. Aber ihre Seele hofft. Zwischen diesen beiden besteht ein geheimes Einverständnis. Sie hofft auf etwas, was inzwischen geschehen könnte.«

Roff stieß die Luft durch die Zähne. »Das dachte ich mir! Jommor hat sich zu rasch bereit erklärt.«

Banning sah von einem zum anderen: »Nun, Jommor? Was haben Sie vor? Heraus damit!«

Jommor antwortete nicht. Er schaute auf Tharanya, die sich unter dem Zugriff des Arraki reglos hielt.

Banning gab Sohmsei einen Wink, und dieser zog seine Hand zurück. Jommor atmete erleichtert auf.

»Der Arraki ist zweifellos ein guter Diener«, erklärte er. »Aber er scheint mir etwas übereifrig. Ich verberge Ihnen nichts. Sie wollen Ihr Gedächtnis zurück, Kyle. Und Sie haben die Macht, mich dazu zu zwingen. Also werde ich es tun. Das ist alles.«

»Eine Stunde«, murmelte Banning. »Vielleicht weniger.« Er trat auf Tharanya zu und sah ihr fest in die Augen. »Du erwartest etwas, was in einer Stunde geschehen könnte. Was ist es?«

Stolz erwiderte sie seinen Blick. »Ich weiß nicht, wovon du redest. Ich weiß von nichts. Schicke dieses Scheusal fort. Laß es mich nicht noch einmal berühren!«

Banning murmelte nachdenklich: »Ihr erwartet jemanden,

der stark genug ist, euch zu helfen. Wen?«

Sohmsei schien angespannt auf etwas zu horchen. »Herr, ihre Zunge spricht nicht die Wahrheit!« verkündete er. »Ihre Gedanken lauten anders.

Banning packte die Frau an den Schultern. »Wer kommt?« knirschte er. »Wen erwartet ihr?«

Sie warf den Kopf zurück. »Warte! Du wirst es sehen!«

Jommor sagte warnend: »Tharanya –!«

Plötzlich lachte Sohmsei auf, als habe er endlich ihre Gedanken gehört. »Sie warten auf ein Schiff, Herr.«

Roff stieß einen unterdrückten Fluch aus. »Natürlich! Sie haben einen Hilferuf zu den anderen Planeten des Reichs geschickt. Wenn man sie gehört hat, wird man uns einen schweren Kreuzer auf den Hals schicken. Wenn Jommor Ihnen bis dahin Ihr Gedächtnis nicht zurückgegeben hat, dann –«

Jommor lachte spöttisch. »Eine spannende Lage, nicht wahr?«

»Sie ist für euch gefährlicher als für uns!« knurrte Roff. »So lange wir euch als Geiseln in der Hand haben!«

Banning schüttelte den Kopf. »Wir wollen es nicht hier abwarten. Wir müssen fort.«

»Was?« Roff riß die Augen auf. »Wir weichen keinen Schritt, bevor Jommor seine Arbeit an Ihnen getan hat!«

Aber Banning antwortete entschlossen: »Jommor kann den Eingriff ebensogut auf einem Schiff vornehmen. Wir nehmen alle Instrumente, die er braucht, mit an Bord. Keesh, sag Horek, daß wir sofort starten wollen. Und rufe ein paar von unseren Leuten herein, um die Apparate zu tragen. Jommor! Zeigen Sie ihnen, was Sie brauchen. Vergessen Sie nichts. Das Leben Ihrer Königin hängt davon ab, denken Sie daran!«

Jommors breite Gestalt schien zu erschlaffen. Die Schultern sanken müde herunter. Ein schmerzlicher Zug grub tiefe Falten um seinen Mund. Er warf einen Blick voll ohnmächtigen Hasses auf Sohmsei, dann auf Roff und Banning. Zuletzt sah er Tharanya an, und alle Härte in seinem Gesicht schien zu schmelzen.

Fast flehend sagte er: »Nehmt sie nicht mit. Ich bitte euch.«

Banning antwortete: »Von uns aus wird ihr nichts geschehen – nicht, wenn Sie Ihr Versprechen halten.«

Dann wandte er sich Tharanya zu und sagte fast entschuldigend: »Es tut mir leid, Tharanya. Ich hatte es nicht so geplant. Aber es läßt sich nicht ändern.«

Sie maß ihn von oben bis unten. »Ich habe keine Angst vor dem Tod. Ich will nur dich zuerst sterben sehen!« Es klang so, als ob sie es ernst meinte.

Plötzlich begannen Zweifel an der Richtigkeit seines Tuns in ihm zu erwachen. War ihr Haß berechtigt? Wußte er denn, was der Valkan sich hatte zuschulden kommen lassen? Vielleicht hatte Tharanya recht gehabt. Für einen Erdenmenschen war das alles schwer zu verstehen. Das Alte Reich, die Valkans, das alles lag neunzigtausend Jahre zurück. Er hatte nichts damit zu tun. Es war alles wie ein ferner Traum.

Aber der Traum hatte nun einmal Gestalt angenommen. Alles war sehr wirklich geworden. Er war mitten in eine gefährliche Lage versetzt ohne sein Zutun, gegen seinen Willen. Jetzt mußte er auch damit fertig werden. Tharanya, Jommor, Roff und er waren unauflöslich miteinander verstrickt. Er wußte, daß Millionen Leben von seiner Entscheidung abhingen. Er konnte sich ihr einfach nicht entziehen. Millionen Leben von Menschen, die er nicht kannte, von deren Existenz er nicht einmal geträumt hatte.

Das Gewicht der ungeheuren Verantwortung drückte ihn nieder. Er schwankte einen Augenblick. Gab es nicht doch eine Möglichkeit, sich zurückzuziehen?

Er sagte zögernd: »Roff – ich –«

Die Türflügel schwangen auf und Keesh stürzte herein. »Eine Nachricht, Herr! Die ›Sonnenfeuer‹ meldet das Herannahen eines Schiffes! Behrent bittet Sie, sofort an Bord zurückzukehren!«

Banning sah sich nach Tharanya um.

Es war also entschieden. Er hatte keine Wahl mehr. Er mußte sie mitnehmen, um sein Leben und das Leben seiner Leute zu sichern. Mit ihr als Geisel würde er durch die Raumkontrollen kommen – ohne sie war das Schicksal der »Sonnenfeuer« besiegelt.

Er war fast erleichtert, daß die Entscheidung ihm auf diese Weise abgenommen war.

»Wir kommen«, sagte er kurz. »Benachrichtigt den Kapitän. Und bringt auch die Gefangenen aufs Schiff.«

»Es soll geschehen.«

Zu Jommor sagte Banning: »Versuchen Sie nicht, uns zu überlisten. Es könnte Ihnen leid tun.« Er nahm seinen Mantel ab und legte ihn Tharanya um die Schultern. »Kommen Sie. Ich bringe Sie selbst an Bord.«

Sie hatte aufgehört, ihn anzustarren. Sie wich seinem Blick aus und würdigte ihn keiner Antwort.

Er legte ihr die Hand auf den Arm und führte sie sanft hinaus. Sie ging aufrecht und stolz an seiner Seite, ohne ihn zu beachten. Aber durch den Stoff hindurch konnte er fühlen, wie sie zitterte. Vor Angst oder vor Zorn?

Bannings Leute waren bereits im Begriff, die Gefangenen in einer langen Reihe vor sich her zu treiben. Die Palastwachen machten einen schwachen Versuch, sich zu wehren, als sie ihre Königin sahen. Aber Horek warf ein Dutzend bewaffneter Männer zwischen die Herrscherin und ihre Leibwache. Und Banning führte sie eiligst weiter.

Die Nacht war kühl und dunkel bis auf das Licht der Monde über dem Wald. Banning schritt rascher aus. Er konnte fast körperlich die Gefahr spüren, die überall rings um sie lauerte.

Die grotesk geformten Zweige und Schlingpflanzen warfen gespenstische Schatten auf ihren Weg. Unheimliche Laute drangen aus dem Gebüsch.

Mit großer Erleichterung betrat Banning das Flugfeld, auf dem der glänzende Leib der »Sonnenfeuer« emporragte. Licht schien wie ein Willkommensgruß aus ihren offenen Luken.

Er dachte daran, ob Roff inzwischen alles Nötige aus dem Laboratorium genommen hatte. Würde Jommor auch nicht versuchen, sie in letzter Minute durch einen billigen Trick zu betrügen?

Er faßte Tharanyas Arm fester. Solange er diese Geisel in der Hand hatte, würde Jommor sein gefügiges Werkzeug sein.

In der Luftschleuse erwartete sie Schrann. Er beaufsichtigte die Einschiffung der Gefangenen. Als er Banning sah, salutierte er und meldete: »Herr, der Kapitän bittet Sie, gleich zu ihm auf die Brücke zu kommen.«

Banning nickte. Der ernste Ausdruck in Schranns Gesicht beunruhigte ihn.

Er schob Tharanya ohne Umstände durch die Schleuse, brachte sie zu einer Kabine und schloß sie dort ein. Er bestimmte zwei Mann zu ihrer Bewachung und eilte dann auf die Brücke.

Er fand Behrent vor seinem Kontrollbrett, wo er unruhig auf und ab ging, die Hände nervös auf dem Rücken verschlungen. Noch nie hatte Banning ihn so besorgt gesehen.

Ordonnanzen gingen und kamen. Die Techniker arbeiteten fieberhaft an ihren Instrumenten. Alle waren so beschäftigt, daß sie Banning kaum beachteten.

Banning wandte sich an den Kapitän: »Nun? Wie steht es?«

Behrent machte eine ungeduldige Geste. »Es ist höchste Zeit! Warum kommen sie alle so spät? Was treiben die da draußen? Bei Gott, ich werde einfach die Luken schließen lassen, ohne Rücksicht auf die Nachzügler zu nehmen! Das Schiff kann jeden Augenblick hier sein! Wir werden unter Beschuß starten müssen!«

Eine junge Ordonnanz kam angelaufen und meldete: »Roff ist soeben an Bord gekommen. Er sagt, alle sind in Sicherheit. Er kümmert sich selbst um die Unterbringung der Gefangenen.«

»Endlich!« rief Behrent aus.

»Gut«, sagte Banning. »Geben Sie das Zeichen zum Start,

Kapitän. Wir –«

Eine zweite Ordonnanz brachte eine Nachricht aus dem Radarraum. Banning überflog sie und erblaßte. Er reichte sie dem Kapitän.

»Sie brauchen nicht mehr auf dem Bildschirm zu suchen. Wenn Sie jetzt zum Himmel aufsehen, können Sie das Schiff mit bloßem Auge ausmachen!«

»Was sollen wir tun?« fragte Behrent ratlos.

Banning sagte ruhig: »Lassen Sie es kommen.«

»Aber – zwei Minuten nach der Landung werden Sie wissen, was geschehen ist –«

»Zwei Minuten sind eine lange Zeit«, sagte Banning unerschütterlich. »Wir müssen sie nur ausnützen und schneller sein.«

Seine Gelassenheit schien auch den Kapitän etwas zu beruhigen.

»Sie sind immer noch der Valkan! Sie wissen, was Sie tun, Herr. Aber die Patrouillen werden alarmiert sein, bevor wir aus ihrem Bereich entkommen können.«

»Dann nehmen wir es eben mit den Patrouillen auf, wenn es soweit ist«, war die Antwort.

Behrent beugte sich über das Mikrophon und schrie: »An die Bordkanonen! Alle Waffen klar zum Gefecht!«

Die Worte des Kapitäns gingen Banning nicht aus dem Kopf. Sie sind immer noch der Valkan. Es klang wie blutiger Hohn. Er war nicht der Valkan, war es nie gewesen. Er war Neil Banning. Der letzte Beweis über sein wahres Selbst war noch nicht erbracht. Er war verschoben worden – und solange konnte er sich immer noch für Neil Banning aus Greenville halten.

Roff kam auf die Brücke gestürzt. »Wir nehmen also den Kampf auf? Wir werden uns gegen den Kreuzer schlagen?«

»Wenn es sein muß. Wo ist Jommor?«

»Ich habe ihn mit Tharanya zusammen einschließen lassen. Unter verstärkter Bewachung.«

»Und seine Apparate und Instrumente?«

»Sind ebenfalls in Sicherheit.«

Sohmsei, der Roff dicht auf den Fersen gefolgt war, trat zu Banning. »Keine Sorge, Herr. Jommor hat uns die richtigen Apparate mitnehmen lassen. Ich habe seine Gedanken die ganze Zeit unter Kontrolle gehalten. Er hat nicht gewagt, uns zu belügen.«

Banning bemerkte: »Hoffentlich kommen wir überhaupt dazu, Gebrauch davon zu machen.« Aber er sagte das mehr zu sich selbst als zu den anderen.

Er schaute auf die Sichtplatte und suchte den bestirnten Himmel ab. Auch der Kapitän starrte auf den Sichtschirm. Und die Blicke aller im Kontrollraum gingen in dieselbe Richtung.

Es war plötzlich sehr still auf dem Schiff. Ein schwarzer Punkt hob sich deutlich gegen die Sterne ab. Er wuchs mit beängstigender Geschwindigkeit zu einer plumpen, schwarzen Masse. Diese schien wie ein Stein auf das Flugfeld zuzustürzen. Die »Sonnenfeuer« erbebte unter dem Luftdruck.

»Los!« schrie Behrent plötzlich.

Sie starteten in Sekundenschnelle, gerade als das feindliche Schiff zur Landung ansetzte.

Behrents Blicke hingen mit gespanntester Aufmerksamkeit auf dem gekrümmten Sichtschirm. Er verfolgte die vorüberwirbelnden Zeichen und Formen, als läse er Leben und Tod von ihnen ab.

Banning sah auf den Palast hinunter, der zusammenschrumpfte. Das Landefeld unter ihnen wurde kleiner und kleiner.

Dann hörte er Behrents scharfes Kommando: »Feuer!«

Flammen barsten aus allen Rohren.

Der Palast, das Flugfeld, alles war sekundenlang in eine blendende Helle getaucht. Sie konnten eine Stichflamme aus dem Heck des soeben gelandeten Feindschiffes schießen sehen. Dann sahen sie noch, wie die Luken geöffnet wurden und die Besatzung über die Rampen strömte.

Gleich darauf schoß die »Sonnenfeuer« so steil in die Höhe,

daß die Szene ihren Augen entschwand.

»Das nenne ich ins Schwarze getroffen!« schrie Roff begeistert. »Der Besatzung ist nichts geschehen. Aber das Schiff wird uns nicht so bald verfolgen können.«

Die »Sonnenfeuer« raste mit großer Geschwindigkeit über die Schattenseite des Planeten hin.

Aus dem Lautsprecher konnte Banning die Stimme des Funkers hören, der ihnen freie Bahn schuf: »Achtung! Achtung! Flugschneise 18 freimachen! Eilig! Regierungsschiff! Schneise 18 freimachen! Ich wiederhole: achtzehn!«

Sie tauchten aus dem Schatten auf und traten unvermittelt in die blendende blaue Helle des Rigel ein. Dann wechselten sie jäh die Richtung und schossen in den freien Raum hinaus. Die riesige blauweiße Sonne blieb hinter ihnen zurück.

Roff lachte. »Freie Fahrt für Tharanya persönlich!«

Er schlug Banning kräftig auf die Schulter und sagte fast kameradschaftlich:

»Wir beide werden ihnen zeigen, daß das Alte Reich wieder zum Leben erwacht ist!«

Kapitän Behrent hatte die Brücke verlassen und sich in den Funkraum begeben. Als er jetzt zurückkam, war seine Miene verdüstert.

Sohmsei bemerkte es sofort und murmelte: »Die Seele des Kapitäns ist von Sorge erfüllt –«

»Warum so griesgrämig, Kapitän?« begrüßte ihn Roff heiter.

Der Kapitän ging nicht auf den leichten Ton ein. »Wir haben noch keinen Anlaß, zu triumphieren«, fand er. »Die Nachricht hat sich bereits verbreitet und die Patrouillen erreicht. Sie schließen sich vor uns zu einer Sperre zusammen.«

»Teufel, wir brechen einfach durch!« schrie Roff. »Sie haben nur leichte Kreuzer!«

Banning bemerkte nachdenklich: »Wir könnten uns den Durchbruch erzwingen, indem wir uns mit einem Schutzgürtel aus unseren eigenen Geschossen umgeben. Es wird ihnen dann nichts anderes übrigbleiben, als uns auszuweichen.«

»Ich weiß nicht recht –« murmelte der Kapitän. Er dachte eine Weile nach, dann hellte sich seine Miene auf.

»Wir können es immerhin versuchen«, meinte er. »Noch wissen sie nicht, warum wir verfolgt werden. Solange sie das nicht wissen, werden sie nicht allzuviel riskieren.« Entschlossen beugte er sich über sein Mikrophon und gab seine Befehle.

Die »Sonnenfeuer« passierte jetzt einen kleineren Planeten in einem Abstand von etwas mehr als eineinhalb Millionen Kilometer. Die schmutzig-weiße Kugel schien an ihnen vorüberzurollen wie ein großer Ball.

Die großen Kanonen begannen ihre Ladung in den Raum zu spucken. Banning verfolgte ihre Bahn auf dem Bildschirm. Wie Leuchtkäfer tanzten sie durch die Schwärze des Raumes. Und das große Schiff schoß vorwärts, von einem ganzen Schwarm der tödlichen Leuchtinsekten umgeben.

Bald zeigte sich die Wirksamkeit von Bannings Maßnahme. Aus dem Radarraum wurde gemeldet: »Die Patrouillenschiffe ziehen sich zurück! Die Bahn ist frei!«

Behrent befahl scharf: »Volle Fahrt!«

In Sekundenschnelle verzehnfachte das Schiff seine Beschleunigung.

Roff frohlockte: »Wir haben sie abgeschüttelt! Ich wußte doch, daß sie es nicht wagen würden.«

Die Stimme aus dem Radarraum klang plötzlich verstört und überschlug sich fast: »Ein Verband schwerer Kriegsschiffe hat seinen Kurs gewechselt und kommt aus 114 Grad auf uns zu!« dröhnte die Stimme.

Totenstille trat ein.

Behrent wandte sich nach Banning um. Ein verzerrtes Lächeln lag um seine blassen Lippen.

»Die königliche Flotte hat den Hilferuf der Patrouillen aufgefangen. Jetzt haben sie uns in der Zange! Ich wüßte nicht, wie wir ihnen entkommen sollen.«

9

Eingehüllt in die Wolke ihrer eigenen Atomgeschosse raste die »Sternenfeuer« durch den Raum. Wenn die »Sonnenfeuer« durch einen feindlichen Angriff gezwungen wurde, ihren Kurs jäh zu ändern, lief sie Gefahr, durch ihre eigenen Projektile getroffen und in die Luft gejagt zu werden.

Banning fühlte, wie aller Augen erwartungsvoll an ihm hingen.

»Tharanya ist unsere Trumpfkarte!« erklärte er. »Ihre Gegenwart allein kann uns noch retten.«

Roff nickte. »Wir müssen den Feind überzeugen, daß wir sie wirklich an Bord haben. Sohmsei, hol sie und Jommor hierher.«

Der Arraki wandte sich zum Gehen. Aber Banning hielt ihn zurück.

»Nein, nicht du. Dein Anblick versetzt sie in Angst und Schrecken. Und ich will nicht, daß sie leidet. Ich selbst werde sie holen.«

Er verließ den Kontrollraum und trat in den Korridor hinaus. Vor der Tür, hinter der die beiden Gefangenen sich befanden, standen mehrere Wächter. Banning befahl ihnen, die Tür zu öffnen, und trat ein.

Wie ein Stich traf ihn der Haß, den er in Tharanyas Augen gewahrte. Jommor war bei seinem Eintreten aufgefahren und sah aus, als wollte er sich jeden Augenblick auf ihn stürzen. Banning zog die Pistole aus dem Gürtel.

Tharanya kam auf ihn zu. Sie sah müde und verbittert aus. Aber sie hatte nichts von ihrem alten Stolz eingebüßt. Sie sah auf die Waffe in seiner Hand und verzog verächtlich die Mundwinkel.

Bannings Blicke wanderten zwischen ihr und Jommor hin und her. »Ich bin vorsichtig«, sagte er. »Ich habe allen Grund, es zu sein. Geht beide voran!«

»Wohin?«

»Ihr werdet es erfahren. Geht jetzt!«

Das war ein Ton, den sie nicht gewohnt war. Niemand sprach so zu einer Königin! Eine zornige Röte stieg in ihre Wangen. Aber sie sagte nichts.

Banning trat beiseite und ließ sie vorgehen. Er bewunderte dabei ihre herrliche Gestalt, die Anmut ihrer Bewegungen und ihre stolze Haltung. Sie ging an ihm vorbei, ohne ihn eines Blickes zu würdigen. Jommor folgte ihr wortlos.

Sie gingen den Korridor entlang bis zum Kontrollraum. Als sie über die Schwelle traten, stolperte Tharanya und fiel gerade in Bannings Arme.

Es war kein Unfall, wie sich gleich darauf zeigte. Aber Banning bemerkte es eine halbe Sekunde zu spät. Sie schlang beide Arme um ihn, so daß er sich einen Augenblick lang nicht rühren konnte, und schrie ihrem Begleiter zu:

»Jommor! Nimm ihm seine Pistole ab! Schieß ihn nieder!«

Das alles geschah so plötzlich, daß niemand so recht wußte, was vorging. Die Arraki waren außer Sicht, da sie mit anderen Aufträgen beschäftigt waren.

Jommor reagierte blitzschnell auf Tharanyas Zuruf. Er wandte sich Banning zu. Eine plötzliche Hoffnung leuchtete in seinen Augen auf.

Aber auch Banning hatte sich wieder gefaßt. Er befreite sich mit einer raschen Bewegung, packte die Frau und hob sie hoch in die Luft. Er schwang sie über seinem Kopf und warf sie dann wie einen Ball Jommor zu.

Er rechnete damit, daß Jommor nicht beiseite springen, sondern sie auffangen würde. Und er hatte sich nicht geirrt.

Jommor folgte seinem Instinkt und fing sie in seinen Armen auf. Im gleichen Augenblick riß Banning den Arm mit der Pistole hoch und richtete ihre Mündung auf die beiden.

Tharanya stieß einen verzweifelten Wutschrei aus. Jommor starrte entgeistert auf die Pistole, dann auf die Frau in seinen Armen. Langsam ließ er sie auf ihre Füße gleiten.

»Das war ein raffinierter Trick«, grinste Banning. »Ich

bewundere deinen Mut, Tharanya. Aber ich rate dir, so etwas nicht noch einmal zu versuchen. Es täte mir sehr leid, wenn ich schießen müßte.«

Die Flamme ihres Hasses drohte ihn zu versengen.

Er dachte bei sich: Ich kann es ihr nicht einmal übelnehmen. Das ist das Schlimme. Ich wünschte, ich könnte sie ebenso hassen. Es würde alles leichter machen.

Inzwischen waren auch die anderen hinzugestürzt.

Roffs Schläfenadern waren vor Zorn geschwollen. Mit tiefem Vorwurf sagte er zu Banning: »Sie vergessen immer wieder, wozu sie fähig sind! Sie wollten sie schonen und ihr den Anblick Sohmseis ersparen, nicht wahr? Sie sehen, wie sie es Ihnen dankt!«

Banning senkte etwas verlegen die Augen. »Ich fürchte, Sie haben recht. Wir können uns keine allzu zarten Rücksichten leisten.«

Er rief nach den beiden Arraki, und diese kamen in großen Sprüngen angejagt. Er wies auf die beiden Gefangenen.

»Laßt sie nicht aus den Augen, Sohmsei und Keesh. Aber tut ihnen nichts zuleide.« Und zu den Gefangenen sagte er eindringlich: »Zwingt sie nicht dazu. Es liegt an euch.«

Behrent hatte bis jetzt an seinem Sichtschirm ausgeharrt. Nun trat er auf die Gruppe zu. Sein Gesicht war ernst.

Er sagte mit rauher Stimme: »Wir müssen uns beeilen. Ein Flügel des Verbandes ist bereits in Schußweite. Der Radarraum meldet ihren Funkspruch: Sie fordern uns auf, anzuhalten und uns zu ergeben.«

Tharanya unterdrückte einen Freudenschrei. Banning wandte sich ihr zu. Er zwang sich dazu, sie hart anzufahren.

»Jetzt ist der Augenblick gekommen, wo wir dich brauchen. Tharanya. Du wirst in den Funkraum gehen und selbst dem Verband den Befehl zum Abdrehen geben. Du weißt, daß du in unserer Hand bist. Geh.«

Sie richtete sich stolz auf. Banning sah Jommor bedeutungsvoll an. »Sagen Sie ihr, Jommor, daß sie es tun muß. Sie wissen, daß es um ihr Leben geht.«

Jommor zögerte. »Sie werden es nicht über sich bringen, sie zu töten«, murmelte er zweifelnd.

»Meinen Sie? Vielleicht haben Sie recht«, gab Banning zu. »Aber es kommt nicht nur auf mich allein an. Es sind andere auf dem Schiff, die es ohne weiteres täten, wenn sie sich weigerte.«

»Ich zum Beispiel«, stieß Roff zwischen den Zähnen hervor. Und er sah durchaus so aus, als ob er dazu imstande wäre.

Jommor schwankte immer noch. Tharanya rief halb beschwörend, halb befehlend: »Gib nicht nach, Jommor! Wir müssen fest bleiben, und wenn es unser Leben kostet!«

Ein wahres Feuerwerk blitzte auf dem Bildschirm auf. Der ganze Himmel schien in Flammen zu stehen.

»Sie wollen uns in die Enge treiben!« rief Behrent. »Wir können uns nicht lange halten, wenn sie so weitermachen! Was soll jetzt geschehen?«

Banning sagte ruhig: »Tharanya wird sie veranlassen, aufzuhören. Lassen Sie die Funkverbindung für sie fertigmachen.«

Der Kapitän gab einem Offizier einen Wink, und dieser eilte davon.

Banning faßte Tharanya am Arm, um sie zum Funkraum zu führen. »Kommen Sie, Tharanya. Sie werden jetzt zu ihnen sprechen. Sie werden ihnen befehlen, das Feuer einzustellen. Andernfalls gehen Sie mit uns zugrunde!«

Tharanya lachte in höhnischer Auflehnung. »Niemals! Sie können mich nicht zwingen, das zu sagen!«

Banning wandte sich noch einmal an Jommor: »Jommor, bringen Sie sie zur Vernunft! Sie weiß nicht, was sie tut!«

Eine neue Salve explodierte auf dem Bildschirm. Diesmal so nahe, daß selbst Tharanya zusammenzuckte. Aber ihr Trotz war ungebrochen.

Jommor sagte leise: »Tharanya –«

Aber sie unterbrach ihn wild: »Siehst du nicht, daß sie geschlagen sind? Sie wissen es! Und sie wissen, daß sie nichts von mir erzwingen können!«

Behrent war auf den Bildschirm zugestürzt. Jetzt kam er zurück. Sein Gesicht war fast ausdruckslos vor Überraschung.

»Sie haben beigedreht!« stammelte er, wie vor den Kopf geschlagen. »Sie folgen uns immer noch, aber sie greifen nicht mehr an. Sie haben ihr Feuer eingestellt.«

»Nein!« schrie Tharanya bestürzt auf. »Sie lügen! Das kann nicht wahr sein!«

»Es ist wahr«, bestätigte jetzt auch Roff, ebenfalls starr vor Staunen.

Banning stieß einen tiefen Seufzer der Erleichterung aus. »Das hing an einem Haar!« lachte er. »Aber mein Trick hat gewirkt! Sie wissen jetzt, daß ihre Königin an Bord ist, und werden sich hüten, uns zu bombardieren.«

Roff begriff nicht. »Wieso? Woher sollten sie es wissen –?«

»Ich hatte Befehl gegeben, alles, was im Kontrollraum vorging, mit in den Raum hinauszufunken. Jedes Schiff hat Tharanyas Worte zu hören bekommen. Sie alle wissen jetzt, was hier vorgeht.«

Jommor stöhnte auf. Tharanya warf wilde Blicke um sich wie ein gefangenes Tier, sagte aber nichts.

Banning machte eine Geste mit der Hand, die die Pistole hielt. »Wir bringen sie in die Kabine zurück. Du siehst, Tharanya, es ist nicht mehr nötig, daß du uns hilfst. Gib die Hoffnung auf, das Kriegsglück noch zu wenden. Wir haben gesiegt!«

»Ich komme mit«, sagte Roff.

Sie ließen die beiden Gefangenen vor sich hergehen, schlossen sie aber diesmal in getrennte Kabinen ein.

Tharanya verharrte jetzt in trotzigem Schweigen und machte keinen Versuch mehr, sich zu wehren. Widerstandslos ließ sie sich einschließen.

Aber Jommor blieb auf der Schwelle seiner Kabine stehen und sagte: »Wir könnten immer noch zu einer Einigung kommen, Kyle. Setzen Sie Tharanya auf einem Rettungsschiff in

Freiheit, und ich gebe Ihnen Ihr Gedächtnis zurück, an dem Ihnen so viel liegt.«

Banning schüttelte den Kopf. Er glaubte den Mann zu durchschauen.

»Nein, Jommor.«

Jommor versuchte, ihn zu überzeugen: »Sie können sich auf mein Wort verlassen. Roff, der doch wirklich nicht mein Freund ist, wird es Ihnen bestätigen, daß ich noch nie mein Wort gebrochen habe.«

»Ich glaube Ihnen gern. Aber ich bin davon überzeugt, daß Sie diesmal Ihr Wort brechen würden. Denn diesmal geht es darum, den HAMMER unserem Zugriff zu entziehen. Habe ich recht?«

Jommor antwortete nicht. Aber das Flackern seines Blickes sagte mehr als Worte.

Roff mischte sich ein. »Sie werden es sich noch überlegen, Jommor. Ich bin sicher, daß Sie tun werden, was wir von Ihnen verlangen. Und Sie werden sich selbst dazu drängen, es zu tun.«

»Glauben Sie?«

Jommor lächelte spöttisch.

»Ich weiß es«, antwortete Roff fest. »Und sie werden es gleichfalls wissen, wenn Sie erfahren, wohin wir fliegen: Unser Ziel ist der Sternennebel des Cygnus!«

Für Banning hatten diese Worte keine Bedeutung. Aber es war offenbar, daß Jommor ihren Sinn sehr wohl verstand. Sein kluges Gesicht wurde noch um einen Schatten blasser.

Er murmelte: »Dort also ist der HAMMER?«

»Dort!« bestätigte Roff. »Deshalb nehmen wir Kurs auf den Cygnus.«

Schweißperlen standen auf der hohen Stirn des Staatsmannes. Er fragte beklommen: »Auf welcher Welt des Cygnus?«

Roff winkte schroff ab. »Ich würde es Ihnen nicht verraten, wenn ich es wüßte. Aber ich weiß es tatsächlich nicht. Ich weiß nur, daß der Cygnus der gefährlichste Sternennebel des Alls ist.

Niemand kann ein Schiff heil durch seine Strudel und Strömungen führen. Es gab nur einen, der es konnte.«

Jommors Blick suchte Banning. »Ich weiß«, nickte er. »Der Valkan. Und er kann es nicht, solange er ohne sein Gedächtnis ist.«

»So ist es!« bekräftigte Roff. »Der Valkan hat vergessen, ein Schiff zu führen. Er hat auch vergessen, auf welcher Welt sich der HAMMER befindet. Ohne seine Führung sind wir alle verloren. Wenn er aber sein Gedächtnis wiedererhält, wird er uns heil durch alle Gefahren bringen. Allerdings wird er dann auch den Aufenthaltsort des HAMMERS kennen.«

Jommor schien einen Augenblick seine Selbstbeherrschung zu verlieren und sich auf Roff werfen zu wollen. Aber die Wächter traten dazwischen und stießen ihn in die Kabine.

»Er wird es sich überlegen!« sagte Roff mit Überzeugung.

Banning blieb unschlüssig stehen und starrte auf die Tür, die die Wächter hinter Jommor geschlossen hatten.

Roff faßte ihn am Arm. »Sie brauchen Schlaf, Kyle. Legen Sie sich etwas hin und ruhen Sie aus. Sie werden Ihre Kräfte noch brauchen.«

»Schlafen?« verwahrte sich Banning. »Sie glauben doch nicht, daß ich schlafen kann, während die feindlichen Schiffe uns jagen und wir immer näher auf jenen Sternennebel zutreiben –«

»Vorläufig kann gar nichts geschehen«, versicherte ihm Roff. »Die Schiffe greifen nicht an, sondern folgen nur unserem Kurs, um uns nicht aus den Augen zu verlieren. Und bis zum Cygnus ist es noch weit. Sie haben eine harte Probe vor sich, Kyle. Warum wollen Sie nicht Ihre Kräfte schonen?«

Bei diesen Worten fühlte sich Banning wieder von einem eisigen Hauch angerührt.

Im tiefsten Innern zitterte er davor, Jommor möchte nachgeben und den Eingriff an ihm vornehmen. Sein ganzes Wesen wehrte sich dagegen, seine alte, vertraute Persönlichkeit gegen eine neue zu tauschen. Er wollte Neil Banning bleiben. Was hatte er mit Kyle Valkan zu schaffen?

»Kommen Sie«, redete Roff ihm zu. »Ruhen Sie wenigstens eine Weile. Ich werde Ihnen etwas geben, um Ihre Nerven zu beruhigen.«

»Also schön.« Banning folgte ihm in die Kabine und duldete es, daß Roff ihm ein Pulver in einem Glas Wasser auflöste. Er trank es zerstreut. Seine Gedanken schweiften voraus. Er dachte an den Cygnus, dessen Gefahren und Abgründe vor ihnen lauerten. Er dachte an den schwerwiegenden Eingriff, der ihm bevorstand und ihn in einen anderen Menschen verwandeln sollte. Er dachte auch an Tharanya ...

Der Trank hatte ihn müde gemacht. Er setzte sich auf das Bett und hörte Roff wie aus weiter Ferne zu ihm reden. Ohne daß er sich dessen bewußt wurde, sank er auf das Lager nieder, streckte sich aus und fiel in einen tiefen Schlaf.

Leise verließ Roff die Kabine und ließ ihn allein. Banning träumte.

Er träumte einen sonderbaren Traum. Er hatte nicht ein Ich, sondern zwei. Er war er selbst, Neil Banning, und gleichzeitig ein anderer: der Valkan, eine düstere Gestalt mit grausamen Augen, vor der sein altes Ich zurückschreckte.

Aber der Valkan wuchs und wuchs, bis er in den Himmel ragte. Und im gleichen Maß schrumpfte Neil Banning zu einem Zwerg zusammen, wurde kleiner und kleiner, bis er kaum noch die Größe einer Maus hatte.

Die schreckliche Gestalt des Riesen reckte sich zu ihrer vollen Größe auf und zerstampfte Neil Banning unter ihren Füßen.

Es war ein schrecklicher Traum. Das Schrecklichste daran war, daß er sich nicht nur als der getretene Zwerg, sondern auch als der grausame, wilde Riese fühlte. Sein ganzes Wesen war entzweigespalten.

Er erwachte in Schweiß gebadet. Sohmsei stand vor seinem Bett, geduldig wartend wie ein Standbild. Verwirrt richtete Banning sich auf.

»Habe ich lange geschlafen?« fragte er unsicher.

Sohmsei antwortete: »Sehr lange, Herr. Roff hat Ihnen einen Trunk gemischt, der Sie für lange Zeit der Wirklichkeit entrissen hat.«

Zornig sprang Banning aus dem Bett. »Er hat mich betäubt? Dazu hatte er kein Recht! Ich werde –«

Sohmsei beruhigte ihn mit einer Geste. »Herr, Sie hatten die Ruhe nötig. Denn von jetzt an wird es keine Ruhe mehr für Sie geben, bis alles vorüber ist.«

Etwas in Sohmseis Ton ließ ihn aufhorchen. »Sohmsei«, fragte er beklommen. »Du hast Gaben, die uns Menschen fremd sind. Du kannst in den Seelen lesen. Kennst du vielleicht auch die Geheimnisse der Zukunft?«

Sohmsei schüttelte den Kopf. »Ich kann nicht in die Zukunft sehen, Herr. Nicht mehr, als Sie durch eine dicke Wand sehen können. Und doch – in jeder Wand gibt es zuweilen Risse –« Er brach ab.

»Was meinst du?«

»Verzeihen Sie, Herr. Auch wir Arraki träumen manchmal. Vielleicht war es nicht mehr als ein Traum.«

»Nein, sag es mir!« drängte Banning. »Was glaubst du, durch einen Riß in der Wand gesehen zu haben? Sprich!«

Zögernd antwortete Sohmsei: »Herr, ich sah den ganzen Himmel in Flammen.«

Banning schrak zusammen. »Weißt du, was das bedeutet?«

»Nein, Herr. Aber wir werden es erfahren. Und nun«, er öffnete die Tür und trat beiseite. »Nun bitte ich Sie, auf die Brücke zu kommen. Der Kapitän verlangt nach dem Valkan.«

Banning ging. Aber seine Gedanken waren immer noch bei seinem Traum. Immer sah er die harten, grausamen Augen des Valkans vor sich. Und der Zwiespalt in seinem Innern vergrößerte sich mehr und mehr.

Wenn der Valkan so war, wie er ihn in seinem Traum gesehen hatte – dann konnte er verstehen, daß die halbe Galaxis vor ihm zitterte! Daß Tharanya ihn haßte, was immer zwischen ihnen vorgefallen sein mochte! Und sein ganzes Wesen schreckte davor zurück, diese Persönlichkeit, die ihn einschüchterte und abstieß, gegen seine eigene einzutauschen.

In tiefen Gedanken schritt er durch die hallenden Korridore bis zum Kontrollraum.

Auf der Brücke fand er Behrent und Roff. Sie sahen beide müde aus, so als hätten sie ebenfalls zu schlafen versucht, jedoch keinen Schlaf gefunden.

Sie standen beide vor dem Bildschirm und wandten sich bei seinem Eintritt um. Banning trat zu ihnen, und Roff begrüßte ihn mit einem kurzen Nicken.

»Sehen Sie«, sagte Behrent und deutete auf den Schirm.

Und Banning sah.

Genau vor ihnen breitete sich mit überdeutlicher Klarheit eine ungeheure Wolke flimmernder Sterne, blitzender Sonnen, kreisender Monde aus. Ein unfaßbarer Glanz in allen denkbaren Farben, scharlachrot, smaragdgrün, pfauenblau und strahlendweiß wie Diamanten. Wie ein mit kostbaren Edelsteinen bestickter Mantel breitete sich das Universum vor ihnen aus.

Dazwischen schimmerten riesige Flecken von Sternennebeln in sanftem Glanz. Und all die Pracht glitzerte auf dem schwarzen Hintergrund des Nichts, in der samtenen Schwärze des absoluten Raumes mit seinen unermeßlichen Schlünden und Abgründen.

Die Nase des Schiffes war genau auf eine große dunkle Wolke gerichtet, die alles Licht um sich her aufzusaugen und zu verschlucken schien. Ihre Form erinnerte Banning unbestimmt an etwas, aber er konnte sich nicht besinnen an was.

Überwältigt von dem majestätischen Anblick schloß er sekundenlang die Augen.

Dann hörte er Roffs Stimme: »Sehen Sie diesen Sternenhaufen? Auf der Erde nennt man ihn, soviel ich weiß, den Amerika-Nebel, weil seine Form etwas an die dieses Kontinents erinnert. Dorthin wollen wir.«

Banning seufzte. »Ich wünschte, ich wäre in Amerika! Wie fern ist das jetzt alles . . .«

Behrent hatte den Blick nicht von den funkelnden Sonnen gelassen. Aber er sah nicht ihre Schönheit. Er sah nur die Drohung, die in ihnen lag. Und er wußte, daß er nicht imstande war, sein Schiff heil durch diese gleißende, tödliche Pracht zu führen.

Er murmelte: »Ein Sternensturm ... Ein gähnender Abgrund aus Nebel und glühenden Sonnen ... Kreisende Welten und Monde ... Geborstene Planeten, deren Trümmer in unberechenbaren Bahnen das All durchrasen ... Spiralnebel, die wie Feuerwerkskörper durch den Raum wirbeln ... Der gefährlichste Irrgarten der ganzen Galaxis ... Und dort also soll der HAMMER sein? Sind Sie wirklich sicher –?«

Roffs Stimme war kalt und hart wie Stahl. Sein Gesicht schien aus Granit. »Ja«, sagte er. »Dort ist der HAMMER.«

Der HAMMER.

Das Wissen um den schrecklichen Ort des Verstecks machte für Banning das Geheimnis um diese entsetzliche Waffe noch verwirrender.

Was konnte es sein? Was war das für eine Waffe, die diesen bedeutungsvollen Namen trug? Der HAMMER, vor dem das ganze All zitterte. Beim bloßen Klang des Namens erbebten Welten und Sonnensysteme! Neunzigtausend Jahre hatten ihm nichts von seinem Schrecken genommen.

Banning dachte an die alten Valkans, denen diese furchtbare Waffe in die Hand gegeben war.

Er dachte an seinen Traum. An Kyle Valkan, wie er ihn gesehen hatte. An Kyle Valkan, der Neil Banning rücksichtslos unter seine Füße trat und vernichtete.

Und er zitterte vor dem Augenblick, da er selbst dieser Kyle Valkan werden sollte.

Auch Sohmseis Worte kamen ihm wieder in den Sinn: Herr, ich sah den ganzen Himmel in Flammen!

Sollte er selbst, er, Banning, dazu berufen sein, den furchtbaren HAMMER zu schwingen und den Himmel in Brand zu setzen?

Er hörte Roff sagen: »Ja, dort ist der HAMMER. Und wir werden ihn in unseren Besitz bringen. Der Valkan wird uns sicher durch alle Gefahren führen.«

Der Valkan, dachte Banning schwach. Der Valkan – das war er selbst, oder vielmehr sein Ich, das durch Jommer zum Leben erweckt werden sollte. Ich also, ich soll sie dorthin führen? dachte er entsetzt.

Laut sagte er: »Es wird Zeit, daß wir ein paar Worte mit Jommor reden.«

Er wandte sich um und verließ den Kontrollraum. Roff folgte ihm.

Während er durch den Korridor zu Jommors Kabine ging, schien ihm alles sinnlos. War es nicht gleichgültig, ob er nun Banning oder der Valkan war? Kein Mensch, wie immer er sich nennen mochte, konnte ein Schiff durch diese Hölle steuern! Gegen eine kosmische Wildnis wirbelnder Sonnen war auch ein Valkan machtlos. Aber er wußte zugleich, daß Roff gegen einen solchen Einwand taub sein würde.

Jommor sah auf, als sie seine Kabine betraten. Die klugen Augen des Staatsmannes waren immer noch von unversöhnlichem Haß erfüllt. Trotzdem ahnte Banning, daß Jommor ihrem Wunsch keinen Widerstand mehr entgegensetzen würde. Der Sternenmensch wußte viel zu gut, daß sie ohne Führung auf jeden Fall verloren waren. Und es gab nun einmal nur einen, der sie führen konnte: Kyle Valkan. Dieser unerbittlichen Notwendigkeit beugte sich auch der eiserne Trotz dieses Mannes.

Roff trat auf eine Wand zu und drückte auf einen Knopf. Eine Sichtplatte erschien, und auf ihr das Bild des kosmischen Sternensturms vor ihnen.

Jommor schenkte der Sichtplatte kaum einen Blick. »Sie brauchen mich nicht zu überzeugen«, sagte er zu Roff. »Ich weiß genau, worauf wir da zusteuern. Ich habe dieses Bild schon früher gesehen.«

»Und?« drängte Roff.

Jommor schwieg.

Roff sah ihn an. »Sie kennen mich, nicht wahr, Jommor? Sie wissen, daß ich nie von meinem Weg abweiche. Wenn ich mir ein Ziel gesteckt habe, so steuere ich darauf los, ohne mich durch irgend etwas beirren zu lassen. Wenn ich sage, daß wir Kurs auf den Cygnus nehmen, dann tun wir es auch. Das ist etwas, worauf Sie sich verlassen können.«

Jommor nickte finster. »Ich weiß.«

»Gut«, sagte Roff befriedigt. »Und werden Sie also tun, was ich von Ihnen verlange?«

Jommors Blick suchte Banning. »Wenn ich es tue«, sagte er langsam, »setzen Sie dann Tharanya und mich auf der Stelle in Freiheit?«

Roff lächelte kalt. »O nein, nicht sofort. Sie wissen genau, daß ich das nicht kann. Diese verdammten Kreuzer sind uns immer noch auf den Fersen. Sobald wir die Geiseln nicht mehr an Bord hätten, wären wir verloren. Sie warten nur darauf! Nein, Jommor! Ich kann euch erst dann die Freiheit wiedergeben, wenn wir heil aus dem Sternenhaufen zurück sind.«

Jommor hatte die ganze Zeit Banning mit seinen Blicken durchbohrt. Jetzt sagte er plötzlich: »Er will gar nicht. Er hat Angst.«

Banning fuhr auf. »Angst? Ich habe keine Angst!« log er.

Aber ein unbehagliches Gefühl beschlich ihn bei dem Gedanken, daß der Sternenmensch ihn durchschaut haben könnte. Seine Achtung vor dem Gegner wuchs trotz des Hasses, den dieser ihm entgegenbrachte.

Roff warf scheinbar gleichmütig hin: »Sie sollten sich bald entscheiden, Jommor. Bei unserer Beschleunigung bleibt Ihnen nicht mehr allzuviel Zeit.«

Jommor schwieg. Aber Banning sah, wie er mit sich kämpfte. Sein Stolz weigerte sich, dem Valkan das Gedächtnis wiederzugeben, das er ihm einmal geraubt hatte. Aber seine Sorge um Tharanya überwog schließlich.

Mit belegter Stimme murmelte Jommor: »Ich kann sie nicht so ins Verderben reißen. Ich muß es tun.«

»Ich wußte es«, sagte Roff erleichtert.

Jommor sah Banning an und fügte hinzu: »Aber ich warne Sie, Kyle. Es könnte so kommen, daß es Ihnen leid tut.«

Roffs Mißtrauen erwachte aufs neue. »Hören Sie, Jommor«, sagte er eindringlich. »Versuchen Sie kein falsches Spiel mit uns zu treiben! Ich weiß, wieweit Ihre Kunst geht. Sie können mit menschlichen Seelen spielen wie mit Marionetten. Aber glauben Sie nicht, daß Sie mich übervorteilen können. Der Handel gilt nur, wenn Sie faires Spiel betreiben. Nur wenn der Valkan sein Gedächtnis makellos und ohne Fehler oder Schwächen wiedererhält, bleiben Sie und Tharanya am Leben!«

Jommor nickte bereitwillig. Aber ein eigentümliches Lächeln lag um seine Mundwinkel. »Ich weiß, ich weiß. Ich verspreche, sein Gedächtnis voll und ganz herzustellen. Aber – ich weiß mehr von den Abgründen der menschlichen Seele als Sie. Es könnte einige Überraschungen für Sie geben. Aber ich habe Sie gewarnt.«

Er stand auf und wechselte den Ton. Er war jetzt ganz Wissenschaftler: kühl, ruhig, selbstsicher und ganz mit der bevorstehenden Arbeit beschäftigt.

Er erklärte Roff ausführlich, was zu geschehen hatte, bezeichnete ihm die Apparate, die er brauchte, die Energiearten und -mengen, die nötig waren.

Roff hörte mit großer Aufmerksamkeit zu und machte sich Notizen. Dann ging er, um alles Nötige zu veranlassen.

Banning blieb mit Jommor allein. Die beiden Männer schwiegen. Sie hatten einander nichts zu sagen. Eine gehässige Spannung knisterte zwischen ihnen.

Und doch hätte Banning dem anderen gern zu verstehen gegeben, daß er in ihm einen ebenbürtigen Gegner achtete. Aber er wußte, daß Worte gegen den Haß des Sternenmenschen nichts vermochten. Es war Tharanya, die zwischen ihnen stand. Und beider Ansprüche auf die Macht über die Sterne.

Banning dachte an die versteckte Drohung in Jommors Worten. Er wußte, Jommor würde um Tharanyas willen alles tun, was er versprochen hatte. Und doch schien er etwas zu wissen, was den Erfolg für Banning zweifelhaft machte und ihn aufs äußerste beunruhigte.

Banning atmete auf, als Roff zurückkam, von einigen Männern begleitet, die die Apparate trugen. Es sah alles so einfach aus. Aber Jahrtausende wissenschaftlicher Forschungen waren nötig gewesen, um es zu erfinden und zu bauen.

Banning wurde auf einen Stuhl in einer Art von Gehäuse festgeschnallt, dessen Außenwände ganz von Skalen und empfindlichen Instrumenten bedeckt waren. Man setzte ihm einen metallenen Helm mit einem Gewirr von Drähten auf den Kopf und befestigte Kontakte an allen möglichen Stellen seines Schädels.

Der groteske Einfall durchzuckte ihn, daß dieser Helm aussah wie eine Trockenhaube in einem Friseursalon. Er fühlte einen fast hysterischen Drang, zu lachen.

Aber dann schaltete Jommor den Apparat ein. Und das Lachen verging ihm. Er hätte schwerlich sagen können, was in dieser Sekunde über ihn kam.

Elektronische Wellen einer Frequenz, die irdischer Wissenschaft unzugänglich war, durchjagten seinen Körper. Er konnte deutlich fühlen, wie sie auch seinen Geist erfaßten. Es war wie ein Schlag gegen sein innerstes Wesen, der alle Dämme brach, alle Brücken sprengte. Sein Ich schwebte losgelöst im Raum. Er fühlte keinen Schmerz. Es war schlimmer als Schmerz.

Ein Taumeln über Abgründe.

Ein haltloses Gleiten ins Unermeßliche.

Eine Agonie des Bewußtseins.

Ein Wirbelsturm schien ihn fortzureißen in Nacht und Bewußtlosigkeit, über Schlünde des Grauens, heulende Strudel, vorbei an verzerrten, unkenntlichen Gesichtern.

Visionen tauchten vor ihm auf und verschwanden wieder. Ein Hexenkessel schattenhafter Erinnerungen wirbelte durch seinen Schädel. Gedanken, Gefühle – fremd und doch bekannt.

Erinnerungen ...

Bilder ...

Schatten ...

Es war, als fegte ein eiserner Besen durch sein Gehirn, risse alle Schranken nieder. Die Gehirnzellen gaben ihr Wissen frei, von dem er bis dahin nichts geahnt hatte.

Er sah Szenen aus einer Kindheit, die die seine und doch nicht die Neil Bannings war. Er sah sich selbst in Sohmseis Armen. Sohmseis Gesicht war riesengroß über ihn gebeugt. Er selbst war klein, ein Kind. Und er weinte. Er hatte sich das Knie aufgeschlagen. Sohmsei tröstete ihn.

Eine Frau – Tharanya?

Nein, es war nicht Tharanya. Sie war blond, ihre Züge sanft. Er fühlte sich tief zu ihr hingezogen. Mutter ... Ja, es mußte seine Mutter sein ... Aber nicht die Mutter Neil Bannings.

Ein gebrochener Knöchel. Aber nicht beim Sturz vom Apfelbaum in Greenville hatte er sich den Bruch zugezogen – das war eine jener falschen, synthetischen Erinnerungen. In Wirklichkeit war es in einem Raumschiff geschehen, als dieses auf einer der Welten des Algol verunglückte.

Die Ruinen. Der rote Antares hängt am Himmel. Er selbst als halbwüchsiger Knabe, bei wilden Spielen mit den Arraki, zwischen den geborstenen Statuen von Katuun.

Nächte ...

Tage ...

Kälte ...

Hitze ...

Er selbst und immer wieder er selbst, beim Spielen, Schlafen, Essen. Man lobt ihn, man tadelt ihn. Man belehrt ihn. Immer wieder schärft man ihm ein: du bist der Valkan, vergiß es nicht! Du wirst die Thronräuber verjagen und wieder herrschen!

Jahre der Erinnerung. Millionen Einzelheiten, Worte, Blicke, Taten, Gedanken.

Und dann Tharanya.

Tharanya, jünger als er. Schön, geistreich und spröde. Tharanya im Garten des Palastes – nicht im Winterpalast, sondern im Sommerpalast, den Neil Banning nie gesehen hatte.

Tharanya, wie sie ihn verspottet, weil er der Valkan ist und doch nie auf dem Thron sitzen wird, Tharanya, die lachend vor ihm durch den Garten flieht.

Und wieder sieht er sich selbst zum jungen Mann herangewachsen. Stark, klug, ehrgeizig, berechnend – und kalt. Eiskalt.

Er hält Tharanya in seinen Armen. Und sie lacht nicht mehr. Hingerissen horcht sie auf seine Worte. Ein sanfter Schimmer glänzt in ihren Augen.

Aber während er ihr von Liebe spricht, bleibt sein Herz kalt. Er haßt sie, weil sie dem Geschlecht der Thronräuber angehört. Er weiß, daß sie die Königin des Neuen Reichs sein wird, das man seinen Vätern genommen hat. Und er hat nur einen Gedanken: ihren Stolz zu brechen! Die Macht ihren kleinen Händen zu entwinden und sich selbst zum Herrscher zu machen!

Tharanya, die seinen falschen Liebesschwüren glaubt und ihm heimlich die Schlüssel des Archivs ausliefert.

Erinnerungen ... Gedanken ...

Der Augenblick, da er die alten Sternenkarten in Händen hält ...

Dann der Thronsaal mit der geborstenen Kuppel, durch die der Nachthimmel scheint. Er selbst mit seinem Vater, der zu den Sternen hinaufdeutet und ihm das Geheimnis anvertraut: Mein Sohn, der HAMMER des Valkans befindet sich dort im Sternenhaufen des Schwans, und du –

Erinnerungen, Erinnerungen!

Gedanken und Bilder. Sie überfielen ihn wie ein Gewittersturm.

Und dann plötzlich: ein jäher Riß, als werde sein ganzes Ich durch einen Blitz gespalten. Es war wie das Fallen eines Vorhangs. Ein Leben endete, ein anderes begann. Der Valkan starb, Neil Banning wurde geboren.

Wie durch Zeitraffer erlebte er in Sekundenschnelle die zehn Jahre seines Lebens als Neil Banning.

Und dann war auch das vorbei. Zum zweitenmal wurde der Valkan geboren, in Jommors Maschine auf dem Raumschiff.

Aber Neil Banning starb nicht. Die zehn Jahre seines Erdenlebens konnten nicht ausgelöscht werden, denn sie waren wirklich. Seine synthetische Vergangenheit als Neil Banning, die Kindheit, die es nie gegeben hatte, war fortgewischt. Aber die zehn wirklichen Jahre blieben.

Beider Erinnerungen blieben nun in ihm wach: die das Valkans und die Bannings. Sie teilten sich in ihre Vergangenheit. Es war ein Doppel-Ich, es war der Valkan und Banning zugleich, der ausrief: »Ich erinnere mich! O Gott! Ich erinnere mich.«

10

Er erwachte. Er wußte jetzt, wer er war. Er war Kyle Valkan. Aber er war zugleich auch Neil Banning!

Und die zwanzig Jahre seiner Vergangenheit als Valkan waren in seinem Gedächtnis ebenso lebhaft wie die zehn Jahre als Neil Banning. Er war beides, fühlte sich als beide, dachte als beide.

»Kyle?«

Er erkannte Roffs Stimme, die heiser vor Erregung war. »Kyle?«

Er öffnete die Augen. Der Helm war von seinem Kopf entfernt worden. Roffs Gesicht war ängstlich forschend über ihn gebeugt. In einiger Entfernung bemerkte er Jommor, der ihn düster beobachtete.

»Kyle Valkan!« drängte Roff. »Hören Sie mich? Wissen Sie jetzt, wo der HAMMER ist? Und wissen Sie, was er ist?«

Der HAMMER . . . O ja, er wußte es nur zu gut! Eine Welle

des Entsetzens überflutete ihn. Er erinnerte sich an seinen Vater, an die Worte, die er ihm in dem Thronsaal unter der geborstenen Kuppel gesagt hatte.

»... die gelbe Sonne nächst dem Dreigestirn am äußersten Rande der Dunkelheit... man kann sich ihr nur vom Zenit aus nähern, sonst erfaßt einen der Strudel...«

Ja, er erinnerte sich. Aber die Erinnerung lag wie ein schwerer Stein auf seiner Seele. Er wünschte, er könnte es vergessen, das Geheimnis des HAMMERS.

Der Teil seines Wesens, der Kyle Valkan war, kannte nun den HAMMER und seine ganze furchtbare Macht. Aber Neil Banning schreckte davor zurück, je von einer so schrecklichen, unvorstellbar grauenhaften Waffe Gebrauch zu machen.

Kein Mensch durfte eine solche Waffe besitzen, die die Grundfesten der Galaxis erschüttern konnte! Selbst die alten Valkans, die wie Halbgötter über die Sterne geherrscht hatten, durften es nicht. Sie hatten kein Recht, sich eine solche Macht über Leben und Tod anzumaßen.

Und ihm, ihm war sie nun in die Hand gegeben!

Er durfte nicht weiterdenken, wenn er nicht den Verstand verlieren wollte!

Roff rüttelte ihn an den Schultern. »Kyle! Kommen Sie zu sich! In wenigen Minuten werden wir in den Bereich des Cygnus eintreten! Alles hängt von Ihnen ab! Reden Sie endlich! Erinnern Sie sich an alles?«

Banning riß sich zusammen und zwang sich zu antworten. Seine Zunge wollte ihm kaum gehorchen. »Ja«, stammelte er. »Ich erinnere mich. Ich weiß genug, um uns durch den Sternenhaufen zu steuern – hoffe ich.«

Roff zog ihn gewaltsam auf die Füße. »Dann kommen Sie! Wir haben keine Sekunde mehr zu verlieren! Sie werden auf der Brücke gebraucht!«

Noch ganz benommen stolperte Banning neben Roff aus der Kabine über den langen Korridor.

Aber als sie den Kontrollraum betraten und das Bild auf der

Sichtplatte erblickten, war er in Sekundenschnelle hellwach: Die Erkenntnis der unmittelbaren Gefahr, in der sie schwebten, fegte seine Benommenheit mit einem Schlag weg. Roff hatte recht gehabt: sie hatten keine Sekunde zu verlieren. Es war höchste Zeit zu handeln.

Während Jommor den schicksalsschweren Eingriff an ihm vorgenommen hatte, war die »Sonnenfeuer« mit unvorstellbarer Geschwindigkeit auf ihr Ziel, den Sternenhaufen des Cygnus, zugerast. Jetzt hatte sie ihn beinahe erreicht – oder vielmehr, sie war bereits in seinen äußersten Rand eingedrungen.

Der Cygnus-Nebel war nun nicht mehr als eine ferne, ganze Sternenwolke auf dem Bildschirm sichtbar. Er füllte das ganze Universum vor, neben, unter und über ihnen aus. Eine Million Sonnen umkreisten das Schiff, umschwärmten es wie Bienen. Jede einzelne trug Tod und Verderben in sich.

In dem gleißenden Funkeln gab es nur einen dunklen Fleck: jene Dunkelheit, an deren äußerstem Rand sich ein Dreigestirn und eine gelbe Sonne bewegten. Und eine der Welten dieser gelben Sonne beherbergte ein Geheimnis, das so schrecklich war, daß man nicht daran rühren durfte.

Banning schüttelte den Gedanken daran gewaltsam ab. Jetzt war keine Zeit, daran zu denken, vor der Verantwortung zu zittern, die ihm gegen seinen Willen aufgebürdet worden war. Später wollte er daran denken – wenn er dann noch lebte. Später würde er der ganzen gräßlichen Wahrheit ins Gesicht sehen.

Eine Stimme in ihm sagte: auch später wirst du es nicht können. Niemand kann diese Bürde tragen, auch nicht ein Valkan! Was wirst du tun, wenn sich der Augenblick nicht länger hinauszögern läßt? Wenn du den HAMMER ergreifen und schwingen mußt, der ganzen Galaxis zum Verderben?

Er spürte, wie Behrent ihn ansah. Auch Roff, die Offiziere, alle wandten ihm erwartungsvoll ihre Blicke zu. Sie wußten, daß ihr Leben einzig in seiner Hand lag. Der blendende Widerschein der unzähligen Sonnen lag auf ihren Gesichtern.

Behrent machte eine beredte Geste und trat von seinem Platz auf der Brücke zurück. »Das Schiff gehört Ihnen«, sagte er nur.

Banning nickte. Der Teil seines Ichs, der Neil Banning war, schrumpfte zusammen und krümmte sich in Angst und Hilflosigkeit. Aber das neuerwachte zweite Ich, der Valkan, richtete sich hoch auf im Bewußtsein seiner angeborenen Fähigkeiten, seines Wissens und seiner Stärke. Er schaute auf die glühenden, kreisenden Sonnen. Dann auf die Skalen und Meßinstrumente, die astronautischen Karten.

Der Mann, der vor der Kontrolltafel saß, schaute hilfesuchend zu ihm auf und wischte sich den kalten Schweiß von der Stirn.

Banning trat auf ihn zu. »Stehen Sie auf!« befahl er kurz.

Der Mann sprang erleichtert auf, froh, der Verantwortung enthoben zu sein, der er sich nicht gewachsen fühlte.

Banning nahm seinen Platz ein. Eine Sekunde lang schloß er die Augen, als er seine Finger über die Hebel, Tasten und Knöpfe gleiten ließ, wie ein Orgelspieler sein Instrument befühlt, bevor er zu spielen beginnt.

Die Erinnerung flutete wie ein mächtiger Strom zurück, füllte alle Lücken und Schwächen in seinem Gedächtnis auf. All sein altes Wissen, seine alte Geschicklichkeit flogen ihm wieder zu. Ein ungeahntes Gefühl der Kraft und Macht kam über ihn. Bis in die Fingerspitzen fühlte er das Schiff unter seinem Zugriff erbeben.

Er wußte, was er zu tun hatte. Er war der Valkan. Er war wieder jener Königssohn im Überschwang seiner Jugend, der sein Schiff zwischen den wilden Sonnen des Herkules tummelte, durch den Orion-Nebel schoß und sich an den gefährlichsten Klippen der Galaxis erprobte, um später einmal den Weg zum Cygnus zu finden –

Nein, nicht daran denken! Nicht an das denken, was vor ihm lag! Nur an den Augenblick, nur daran denken, durchzukommen! Er durfte nicht sterben. Später vielleicht. Jetzt hatte er noch eine Aufgabe zu erfüllen.

Die Valkans haben den HAMMER geschaffen. Du mußt versuchen, damit fertig zu werden.

Und dann – Tharanya! Du hast sie in diese Gefahr gebracht. Du mußt auch die Verantwortung für ihr Leben tragen. Tharanya muß gerettet werden!

Das Schiff ist in deine Hände gegeben. Tausend Männer und eine Frau hängen von dir ab! Du mußt durchkommen!

Wie eine winzige Motte, die geradenwegs in einen Hochofen fliegt, so schoß die »Sonnenfeuer« auf das Herz des Sternenhaufens zu. Die Schiffe, die sie bisher begleitet hatten, stoppten und blieben reglos im Raum hängen. Auf hundert Brücken starrten hundert Kapitäne in ungläubigem Entsetzen auf ihre Bildschirme und auf den kaum stecknadelgroßen Punkt, der sich in dem gleißenden Sternensturm verlor.

Totenstille herrschte im Innern der »Sonnenfeuer«. Die Insassen, tausend Männer und eine Frau, hielten den Atem an. Warteten auf die Entscheidung über ihr Schicksal.

Leben? Vernichtung? Unter Bannings Händen bäumte sich das Schiff auf wie ein widerspenstiges Pferd. Das Kraftfeld, das es umgab, änderte sich ständig, gab in einem laufenden Wechsel von Anschwellen und Abebben seinen Bewegungen nach, glich den furchtbaren Sog der sie umkreisenden Sonnen aus.

Wie rote, grüne, blaue Ungeheuer geisterten sie an den Luken vorbei, gespenstisch und drohend. Und dazu diese unheimliche Stille, in der nur der pochende Herzschlag der Generatoren hörbar war. Jedes der tausend Herzen auf dem Schiff schien den gleichen Rhythmus aufzunehmen.

Wie ein Blatt in einem Feuersturm, so wirbelte die »Sonnenfeuer« durch dieses unermeßliche Meer glühender Himmelskörper. Aber nur scheinbar war ihre Bahn ein sinnloses, losgelöstes Taumeln. In Wirklichkeit hatte der Valkan sie fest in der Hand und lenkte sie wie ein störrisches Reitpferd.

Die Schwärme der Sterne und Monde blieben seitwärts zurück. Immer größer wuchs die dunkle Wolke vor ihnen, an deren Rand sich die gelbe Sonne befand.

Der Valkan erinnerte sich an alles. Er hatte die Koordination im Kopf, alle drei Dimensionen – und er korrigierte sie in der vierten Dimension, indem er die vergangenen neunzigtausend Jahre berücksichtigte. Jede Wendung, jedes Ausweichen, jede Krümmung des Weges war in seinem Gedächtnis unauslöschlich eingegraben.

In ausgeklügelten Windungen und Spiralen bohrte sich die »Sonnenfeuer« immer tiefer in den Sternennebel hinein.

Er hörte Roff in atemloser Bewunderung flüstern: »Kein Wunder, daß noch niemand den Weg dorthin gefunden hat! Auch nur in die Nähe des Schwans zu kommen, ist Selbstmord. Aber so weit einzudringen, daß –«

Die Schwärze schlug wie eine ungeheure Woge über ihnen zusammen. Die Sterne dahinter verschwammen, schienen sich aufzulösen.

Am Rande der schwarzen Wolke aber glänzte das Dreigestirn: ein roter Riese mit zwei Begleitern, einem smaragdgrünen und einem saphirblauen. Dahinter die gelbe Sonne.

». . . Man kann sich ihr nur vom Zenit her nähern, sonst erfaßt einen der Strudel . . .«

Eine Sonne vom G-Typ hat für gewöhnlich mindestens eine unserer Erde ähnliche Welt. Tatsächlich kreiste eine solche Welt um die gelbe Sonne.

Mit einem sonderbaren Gefühl von Heimweh betrachtete Banning diese grüne Welt, die ihn so an seine alte Erde erinnerte. War es nicht grotesk, daß ausgerechnet hier, in diesem wildesten Hexenkessel des Kosmos, eine kleine grüne Welt friedlich ihre Bahn um eine Sonne zog?

Bannings Finger drückten einen Hebel nieder. Das Schiff nahm geraden Kurs auf jene Welt, die so friedlich aussah und doch ein so furchtbares Geheimnis beherbergte. Wie ein Stein fiel das Schiff durch die klare Atmosphäre.

Die große Kugel des Planeten schien unter ihm wegzurollen. Eine hohe Gebirgskette starrte aufwärts. Die Gebirgskette war eine verhältnismäßig neue Formation. Sie war möglicherweise erst nach der Zeit entstanden, da die Valkans ihre Waffe auf diese Welt gebracht hatten.

Daran aber schloß sich eine weite, zerklüftete Hochebene, so alt wie der Planet selbst. Und mitten auf dieser Ebene erhob sich ein gewaltiger, drohender Bau.

Banning setzte das Schiff auf.

Auf die Anspannung der letzten Stunde folgte die unausbleibliche Reaktion: eine tiefe Niedergeschlagenheit und Erschöpfung.

Rings um ihn wurde es jetzt lebendig. Die Männer lösten sich aus ihrer Erstarrung und umringten Banning, beglückwünschten ihn, drückten seine Hände. Teilnahmslos ließ er es geschehen. Ihm war alles gleichgültig.

In allen Augen las er noch die Schrecken des Überstandenen. Aber auch das Glück, überlebt zu haben.

Roff rief ihm etwas zu. Seine Stimme überschlug sich fast vor erregtem Triumph.

Banning schaute ihn an. Und Roff verstummte. »Holt Tharanya und Jommor!« befahl Banning. »Sie haben ein Recht, das Ende dieses Abenteuers mitzuerleben. Es ist das ihre so gut wie das unsere. Ihr Leben stand genauso auf dem Spiel.«

Er selbst wandte sich um und ging allein den Korridor entlang zur Ausstiegsschleuse. Nur die beiden Arraki, die ihn wie zwei Schatten begleiteten, gingen mit ihm.

Die Schleuse wurde geöffnet. Er trat hindurch und atmete die reine, jungfräuliche Luft des Planeten, die vor ihm nur einmal, ein einziges Mal von Menschen geatmet worden war.

Langsam schritt er über die weite Ebene.

Die Sonne stand hoch am Himmel, an dem kleine weiße Wölkchen hingen. So war der Himmel über Greenville, mußte er denken. An jenem Tag – Wie lange war das her? Ihm schien es tausend Jahre.

Die Luft war kühl und frisch. Ein leichter Wind wehte. Vor ihm ragte der Bau auf, den Menschenhand vor vielen tausend

Jahren errichtet hatte.

Menschenhand?

Sohmsei schien wieder einmal seine Gedanken zu lesen und antwortete ungefragt: »Gewiß! Welches andere Geschöpf wäre imstande, solchen herrlichen und grauenhaften Frevel zu schaffen?«

Banning sagte bedrückt: »Ich weiß jetzt, was dein Traum bedeutet, Sohmsei. Dein Traum, in dem du den ganzen Himmel in Flammen sahst.«

Das Gewicht der Galaxis lag auf seinen Schultern und drückte ihn schwer; er glaubte, darunter zusammenbrechen zu müssen. Sterne, Welten, Menschen, Tiere, alles was lebte, hing allein von seiner Entscheidung ab.

Sohmsei senkte den Kopf. »Sie werden wissen, Herr, was zu tun ist«, sagte er in tiefem Vertrauen.

Banning warf einen Blick über die Schulter zurück. Er sah Roff mit Tharanya und Jommor die Rampe des Schiffes heruntersteigen. Sie folgten ihm über die Ebene. Die roten Haare Tharanyas wehten wie eine rote Fahne im Wind.

Banning wandte sich ab. Sein Gesicht verzerrte sich in einem schmerzlichen Krampf. Müde setzte er seinen Weg fort. Dem HAMMER entgegen.

Wie er in den Himmel ragte, ein Turm menschlicher Vermessenheit!

Seine Form war schwer zu beschreiben. Er erinnerte zum Teil an eine Kanone. Und doch war er ganz anders. Er war mit nichts zu vergleichen. Denn es gab ihn nur einmal. Und dieses eine Mal war zuviel! Seine bloße Existenz war Wahnsinn, Gotteslästerung und Verbrechen. Es hätte ihn niemals geben dürfen.

Eine Treppe führte zu der Plattform hinauf, auf der er emporwuchtete. Die Treppe war aus einem unbekannten, synthetischen Material, das härter und widerstandsfähiger war als Stein und die Jahrtausende unangefochten überdauert hatte. Die ganze Plattform schien aus diesem Material zu bestehen, das keinerlei Spuren von Verwitterung aufwies.

Ein Tor aus Metall führte in das Innere des Gebäudes. Hier befand sich der Kontrollstand, die gewaltigen Dynamos, die ihre Energie aus dem Kraftfeld des Planeten selbst bezogen.

Eine Sekunde noch zögerte Banning, bevor er über die Schwelle trat. Dann wandte er sich zu Sohmsei und sagte rauh: »Halte sie draußen.«

Der Arraki sah ihn an. War es Liebe und Vertrauen, was aus seinen runden Augen sprach? War es Angst und Entsetzen?

Banning senkte den Blick vor diesen weisen, durchdringenden Augen. Ein Sturm tobte in seinem Innern. Sein Atem keuchte, seine Hände zitterten wie die eines Greises.

Nein! Ich kann es nicht allein tragen! Es ist zuviel für einen Menschen! Was soll ich tun? Das Alte Reich der Valkans wiederaufrichten, auf dessen Flagge die berstende Sonne droht? Oder uns alle auf Gnade und Ungnade Tharanya und Jommor ausliefern – mich, Roff, alles Lebende der Galaxis?

Seine Hand tastete über seine Tunika, er fühlte das Symbol aus funkelnden Juwelen, das wie Feuer seine Brust zu versengen schien.

Mit einem plötzlichen Entschluß trat er ein und warf das Tor hinter sich zu. Er war allein. Allein mit der vernichtendsten Waffe, die Menschengeist je geschaffen hatte. Er trat in den Kontrollstand und legte die Hand auf einen Hebel.

Er wußte alles über den HAMMER, alles, was sich vom Vater auf den Sohn fortgeerbt hatte durch Jahrtausende. Ehrgeiz und Machtgier hatten dieses Wissen seinem Gedächtnis eingebrannt, solange er der Valkan war. Er war es nicht mehr ausschließlich, er war jetzt auch ein zweiter, dieser Neil Banning. Aber das Wissen war geblieben.

Er war jetzt ganz ruhig. Ruhig und kalt. Nur seine Hände arbeiteten fieberhaft. Als er wieder hinaustrat in den hellen Sonnenschein, war sein Gesicht wie versteinert.

Jommor, Tharanya und Roff erwarteten ihn, von den beiden Arraki zurückgehalten. Sie alle starrten ihn erwartungsvoll an, fünf einsame Gestalten am Ende der Welt.

Roff öffnete den Mund zu einer Frage. Aber Banning winkte ab. »Wartet!« Er sah auf. Über ihnen ragte der gigantische Finger des HAMMERS in den blauen Himmel, gerade in Richtung auf die gelbe Sonne, die Sol so ähnelte.

Und mit einemmal schoß ein gewaltiger, blendender Strahl aus der Mündung der furchtbaren Waffe, von einem grollenden Donner begleitet. Schoß in den Himmel, auf die gelbe Sonne zu, die ihn verschluckte.

Das war alles. Banning hatte das Gefühl, als ob seine Knochen zu Wasser würden. Er hatte etwas getan, was noch kein Mensch vor ihm getan hatte, etwas unaussprechlich Entsetzliches. Und er hatte Angst.

Roff wandte sich zu ihm, eine stumme Frage in den Augen. Enttäuschung malte sich auf allen Gesichtern.

Endlich fand Roff die Sprache wieder. »Es ist also – nichts?« fragte er heiser. »Der HAMMER bewirkt nichts, gar nichts –«

Banning konnte den Blick nicht von der Sonne losreißen, obwohl sie ihm fast die Augen aus ihren Höhlen brannte. Er sah den dunklen Fleck auf der gelben Glut, der zusehends wuchs, sich verbreiterte, dunkler wurde.

Eine schwarze Glut gegen das gelbe Feuer – Das Entsetzen drückte ihm fast die Kehle zu. Er mußte sich auf Sohmsei stützen, um nicht in die Knie zu brechen.

Gewaltsam würgte er die Antwort hervor: »O doch, Roff, er bewirkt etwas. Er bewirkt Schreckliches.«

»Aber was? Was?« forschte Roff verstört.

Banning sagte langsam, und jedes Wort fiel wie ein Hammerschlag auf seine Zuhörer nieder: »Der HAMMER ist die Waffe, die die Sterne zerschmettert!«

Sie sahen ihn an, als hätte er den Verstand verloren. Sie konnten die Wahrheit nicht begreifen; sie war zu gewaltig und zu schrecklich. Aber er mußte sie dazu bringen, ihm zu glauben. Alles hing davon ab, ob er sie überzeugte.

Er begann es ihnen zu erklären. Sorgfältig wählte er seine Worte, um es ihnen verständlich zu machen.

»Ein Stern«, sagte er, »besteht aus einem Kern und einer Schale. Der Kern ist eine feurige Esse nuklearer Reaktionen, aus der fast aller Wasserstoff ausgebrannt ist. Um diesen glühenden Kern schließt sich die viel kältere Hülle, deren Wasserstoffgehalt sehr hoch ist. Die so eingekapselte, nach außen drängende Energie hindert die kühlere Schale daran, in das Innere einzubrechen.«

Er forschte in ihren Gesichtern, ob sie ihm folgten. Aber sie starrten ihn nur verständnislos an. Und er mußte es ihnen doch begreiflich machen – oder zugrunde gehen!

Er rief beschwörend: »Versucht es doch zu verstehen! Alles hängt davon ab! Der HAMMER erzeugt einen Strahl, der wie ein Spund wirkt, der die stellare Masse sozusagen anzapft. Freilich ist er im Verhältnis zu dem Himmelskörper kaum dicker als ein Faden. Aber er genügt, um der mächtig nach außen drängenden Energie einen Abfluß zu verschaffen. Sobald aber diese Energie ausströmt, gibt es im Innern des Sterns keine Kraft mehr, ihn zusammenzuhalten.«

Auf den Gesichtern seiner Zuhörer dämmerte das furchtbare Verständnis der Wahrheit. Jommor war der erste, der sie begriff. Er stammelte mit blassen Lippen: »Die logische Folge muß sein, daß die dünne Rinde ins Innere einbricht –«

Banning nickte in tödlichem Ernst. »Ja, so ist es. Und Sie wissen auch, was daraus entsteht.«

Jommors Augen verengten sich, als sähe er die schreckliche Vision vor sich. »Wenn die Rinde in die Atomesse des Kerns einbricht, entsteht eine Nova«, murmelte er kaum hörbar.

»Eine – Nova?«

Jetzt begriff auch Roff. Entsetzt riß er die Augen auf. »Eine Nova? Wollen Sie damit sagen, daß der HAMMER jeden Stern zu einer Nova machen kann?«

»Ja.«

Zum erstenmal sah Banning selbst Roff schwach werden.

Eine tödliche Blässe überzog sein Gesicht. Seine Hände begannen zu zittern.

»O Gott! Der HAMMER der Valkans – könnte einen Stern und alle seine Planeten zerstören.«

Aber Jommor hatte bereits mehr als alle anderen begriffen. Ihm war die ganze ungeheure Tragweite dieser Erkenntnis klargeworden.

Er sah Banning an und sagte: »Sie haben den HAMMER auf diesen Stern gerichtet? Und dieser Stern ist dazu verdammt, eine Nova zu werden.«

»Ja.«

Tharanya drückte beide Hände vor den Mund, um einen Aufschrei zu ersticken.

Banning fuhr fort: »Ja. Ich habe es getan. Und die Wirkung hat bereits begonnen. Wir haben nur noch einige Stunden, um aus ihrem Bereich zu entfliehen. Wenn der Zusammenbruch einsetzt, müssen wir aus diesem System fort sein, sonst ...«

Jetzt verstand auch Roff. Er starrte Banning an, als sähe er ihn zum erstenmal.

»Kyle – der HAMMER – wir können ihn nicht mitnehmen, er ist viel zu gewaltig. Heißt das, daß er mit dem Planeten zusammen untergehen wird?«

»Ja, Roff.«

»Sie haben – den HAMMER vernichtet?«

»Ja. Wenn in wenigen Stunden diese Welt untergeht, dann wird der HAMMER mit ihr zusammen zugrunde gehen. Ich habe die furchtbare Waffe der Valkans vernichtet und die Galaxis von ihr befreit.«

Er wußte, was er Roff damit angetan hatte. Er hatte Roffs Lebenswerk zerstört, das Ziel, auf das er seit vielen Jahren hingearbeitet hatte, für immer vernichtet. Roffs ganze Hoffnung hatte an dem HAMMER gehangen, mit dem er hoffte, eines Tages die alte Dynastie der Valkans wieder auf den Thron erheben zu können. Der HAMMER war nicht mehr. Seine Hoffnungen sanken in sich zusammen. All die bitteren Jahre der Suche, des Kampfes waren umsonst gewesen.

Banning erwartete einen Wutausbruch von Roff; er rechnete sogar damit, daß der große dunkle Mann ihm an die Kehle springen würde.

Aber Roffs breite Schultern sanken müde herunter. Sein Gesicht schien in wenigen Sekunden um Jahre gealtert. Seine Stimme war dumpf, als er sagte: »Sie mußten so handeln, Kyle. Ich hätte es voraussehen müssen –«

»Sie verstehen mich also, Roff?«

Roff nickte langsam. »Sie hatten recht. Die alten Valkans sind zu weit gegangen. Nie hätten sie eine so entsetzliche Waffe schaffen dürfen. Kein Wunder, daß das ganze All vor ihnen zitterte! Einen Stern zu zerstören – was für eine Anmaßung! Was für eine verbrecherische Lästerung! Ihr Unrecht war zu groß. Die Völker mußten sich dagegen empören! Aber es ist nicht leicht für mich, meinen Traum zu begraben, dem ich mein ganzes Leben gewidmet hatte. Den Traum von der Herrschaft der Valkans. Er ist jetzt ausgeträumt . . .«

Tharanya hatte die Augen nicht von Banning gelassen. Aber es war kein Triumph in ihnen. Nur ein maßloses Erstaunen. Und noch etwas anderes.

Sie flüsterte fassungslos: »Das war noch nie da, daß ein Valkan freiwillig auf etwas verzichtete. Freiwillig eine Waffe aus den Händen legte, die ihm die Macht über die ganze Galaxis gesichert hätte!«

Aber Jommor schien weniger überrascht als die anderen. »Kyle Valkan hätte niemals darauf verzichtet«, sagte er. »Aber dieser Mann ist nicht nur Kyle Valkan. Er ist auch ein anderer, ein Erdenmensch namens Banning. Ich habe diese neue Persönlichkeit vorhergesehen, als ich ihm sein Gedächtnis wiedergab. Ich setzte meine ganze Hoffnung darauf. Und meine Hoffnung hat mich nicht betrogen.«

In diesem Augenblick begann sich das Licht zu verdunkeln, wie wenn eine Gewitterwolke die Sonne verhüllt. Ein schwefliges Leuchten lag in der Luft.

Banning sah zum Himmel auf.

Der Anblick der gelben Sonne hatte etwas Erschreckendes bekommen. Große dunkle Flecken zeichneten sich auf ihr ab und wogten auf und nieder, als tobe ein verheerender Sturm durch die weißglühende Masse des Gestirns.

Das schweflige, böse Flackern verstärkte sich. Sein Widerschein fiel auf die bleichen Gesichter der Umstehenden. Wie ein drohendes Gespenst wuchtete der HAMMER über ihnen in den Himmel.

Banning zwang sich zu reden. »Wir haben nicht viel Zeit«, sagte er. »Verlassen wir uns nicht allzusehr auf den angegebenen Spielraum. Er könnte kleiner sein, als wir annehmen. Laßt uns starten!«

Er riß sich als erster von dem schaurigen Anblick der im Todeskampf liegenden Sonne ab und begann, auf die »Sonnenfeuer« zuzulaufen.

Die anderen folgten ihm in wilder Panik.

Eine entsetzliche Angst drückte Banning fast die Kehle zu. Eine Angst, wie sie noch kein Mensch vor ihm empfunden hatte.

Er hatte einem Stern den Todesstoß versetzt. Der Planet, auf dem sie standen, würde bald von dem Feuersturm erfaßt und wie ein Schmetterling in einem Hochofen in die Atomesse der Nova getrieben werden.

Sie rannten. Und sie rannten um ihr Leben.

Sie erreichten das Schiff, schlossen die Schleuse hinter sich. Banning stürzte an seinen Platz auf der Brücke. Seine Hände zitterten, als sie die Hebel berührten.

In Sekundenschnelle hatte er das Schiff in die Höhe gejagt. Wieder hing das Leben aller von ihm ab, von der Geschwindigkeit, mit der er sie aus dem Bereich der Katastrophe brachte.

Mit nie zuvor erreichter Beschleunigung rasten sie in den Raum hinaus. Sie ließen die gelbe Sonne hinter sich zurück, deren Oberfläche die Schatten des Todes umspielten. Ein herrliches und schreckliches Schauspiel.

»Seht nicht hin!« schrie Jommor. »Verdeckt die Sichtplatten! Seht nicht hin!«

Eine gewaltige Welle entfesselter Energie erreichte das Kraftfeld, das ihr Schiff umgab, und packte es wie eine Riesenfaust. Banning verlor die Kontrolle über das Schiff. Es schlingerte, schleuderte, wirbelte herum wie ein Blatt im Wind.

In einem wahnsinnigen Reigen kreiselten die Sterne an den Sichtplatten vorbei. Der Sog der gigantischen Katastrophe erfaßte sie, trieb sie immer näher zu der gelben, sterbenden Sonne zurück.

Diese barst jetzt in einer ungeheuren Explosion. Es sah aus, als entfaltete eine feurige Knospe sich zur Feuerblume, Blatt um Blatt. Daneben verblaßte der Glanz der Sterne. Das ganze All schien zu brennen. Wie Motten ins Licht, so rasten die Welten und Monde des Systems auf ihren lodernden Mittelpunkt zu, in ihr sicheres Verderben.

Ein Stern war gemordet worden. Und mit ihm starben alle seine Welten.

Die entsetzliche Vision tanzte über die Sichtplatten der »Sonnenfeuer«, während das Schiff heruntergeschleudert wurde wie eine Nußschale auf den haushohen Wogen der aufgewühlten See.

Das Dreigestirn in Rot, Grün und Blau glühte beängstigend nahe auf, als der Kreuzer in wilden Spiralen darauf zuschoß. Banning riß wie von Sinnen an seinen Hebeln. Der kalte Schweiß stand ihm auf der Stirn, Entsetzen schüttelte ihn. Er hatte jedes Gefühl für Zeit verloren. Es kam ihm vor, als kämpfte er seit einer Ewigkeit um die Kontrolle über sein Schiff, die ihm immer wieder aus den Händen glitt. Ungeheure Wellen Energie zerrten an dem Schiffskörper, daß die metallenen Wände aufkreischten und zu bersten drohten. Immer wieder wurde das Fahrzeug aus seiner Bahn geschleudert; es machte die wahnsinnigsten Sprünge und Kurven.

Es schien, als griffe der mit dem Tod ringende Stern nach ihnen und versuchte, sie mit aller Gewalt in seinen Bann zu ziehen: so, als wolle er den Mann mit sich in den Untergang reißen, der ihn zerstört hatte.

Banning handelte wie in einem Fiebertraum. Mit nachtwandlerischer Sicherheit spielten seine Finger über die Hebel und Tasten, während das Grauen ihm an der Kehle saß. Langsam, ganz langsam nur kam es ihm zum Bewußtsein, daß das Schlimmste vorbei war und der kosmische Sturm sich zu legen begann.

Die Bahn der »Sonnenfeuer« stabilisierte sich. Sie entfernte sich immer mehr von dem Schauplatz der Tragödie. Das schreckliche, schweflige Feuer das ein ganzes Sonnensystem verzehrte, verblaßte allmählich hinter ihnen.

Roff rief ihm etwas zu. Er hörte die Worte nicht. Er war immer noch wie in einer Hypnose. Roff packte ihn an der Schulter, rüttelte ihn, schrie ihm ins Ohr. Die Stimme einer Frau sprach zu ihm. Er war auch dafür taub.

Aber dann drang eine Stimme bis in sein Bewußtsein. Eine Stimme wie aus ferner Vergangenheit, aus seiner Kindheit. Ein Flüstern nur, aber es erreichte ihn, als er für alle anderen unzugänglich war.

»Herr, es ist vorbei. Das Schiff ist in Sicherheit.«

Banning erwachte aus seinem Bann. Er schaute in die klugen, liebevollen Augen Sohmseis. Dann wandte er den Blick nach der Sichtplatte. Er sah, daß sie durch die letzten Ausläufer des Sternenhaufens schossen in einer ruhigen, geraden Bahn auf den sicheren, freien Raum zu, der vor ihnen lag.

Endlich hatte er auch wieder Augen für seine Gefährten. Er sah, wie Behrent neben ihm von einem Fuß auf den anderen trat, als könne er es nicht erwarten, das Kommando wieder in die Hände zu bekommen.

Banning trat beiseite und winkte dem Kapitän, seinen Platz einzunehmen. Er schaute zurück. Der Himmel hinter dem Dreigestirn loderte immer noch wie eine Fackel. Aber das alles war jetzt weit, weit weg.

»Kyle!« flehte Roff. »Kyle! Hören Sie!«

Aber er wollte nichts hören. Er hatte eine ungeheure Schuld auf sich geladen. Er hatte eine kosmische Katastrophe ausgelöst. Wie konnte er jetzt die Worte und Gesichter anderer Menschen ertragen?

Er ging an ihnen vorbei, aus dem Kontrollraum, durch den Korridor, in seine Kabine. Er schloß die Luken und schaltete den Bildschirm ab. Er wollte nichts mehr von dem sehen, was dort draußen vorging.

Er saß auf seinem Bett, den Kopf in den Händen, unfähig, einen Gedanken zu fassen. Er war allein wie nie zuvor.

Die Tür öffnete sich leise. Es war Tharanya, die eintrat. »Kyle!«

Er rührte sich nicht.

»Kyle!« Langsam, ganz langsam wandte er ihr den Blick zu.

Ihr Gesicht war seltsam verändert. Der Haß und die leidenschaftliche Verbitterung waren daraus gewichen. Sie war sehr blaß.

Er fühlte, daß er etwas sagen mußte. »Ich habe alle enttäuscht, die mir folgten«, murmelte er. »Roff, Horek und die anderen. Sie haben mir vertraut. Aber ich habe ihre einzige Hoffnung vernichtet.«

Ihre Augen leuchteten auf. »Du mußtest es tun, Kyle. Um der ganzen Galaxis willen.«

»Ich weiß. Aber ich war ihr Führer. Alle Macht war in meine Hand gegeben. Ich habe sie weggeworfen. Wir alle sind jetzt in eurer Hand. Ich will dir einen Vorschlag machen, Tharanya. Ich gehe mit euch, macht mit mir, was ihr wollt. Ich hatte ein großes Unrecht an dir gutzumachen. Die anderen aber begnadige.«

»Sie sind begnadigt.«

»Kannst du mir verzeihen, Tharanya? Ich hatte dein Vertrauen mißbraucht, als ich noch der Valkan war. Du liebtest mich. Aber ich dachte nur an die Macht.«

Sie senkte den Kopf und kämpfte mit sich. Aber bevor sie noch antworten konnte, betraten Roff und Jommor die Kabine.

Sohmsei war bei ihnen.

Sehr zwiespältige Empfindungen spiegelten sich auf Roffs Gesicht. Seine Hoffnungen waren gescheitert. Er war in der Gewalt seiner Feinde, die er zu stürzen gehofft hatte. Und doch schien er Banning nicht zu grollen. Vielmehr lag fast etwas wie Bewunderung in seinem Blick.

Banning sagte: »Ich habe mit Tharanya gesprochen. Ich selbst will mich ihrem Spruch unterwerfen. Ich habe es nicht anders verdient. Ihr anderen seid alle begnadigt.«

Roff fuhr auf: »Gnade für uns und Tod für den Valkan? Niemals!«

Aber Sohmsei flüsterte an Bannings Ohr: »Nicht nach dem Tod des Valkans steht ihr Sinn, Herr.«

Die Bestätigung dieser Worte las Banning auch in ihren Augen.

Er sagte sanft: »Tharanya, kann nicht alles so werden wie früher? Könntest du den Mann wieder lieben, der ich einmal war?«

Sie hatte Tränen in den Augen, aber ihre Stimme war fest und klar.

»Nein, Kyle. Nicht den Mann, der du warst. Kyle Valkan könnte ich nicht wieder lieben. Aber den Mann, der du geworden bist – vielleicht . . .«

Jommor seufzte. »Ich habe es kommen sehen.«

Tieftraurig, aber gefaßt, streckte er Banning die Hand hin: »Ich haßte den Valkan. Aber Sie sind ein anderer geworden. Ich kann Sie nicht mehr hassen. Ich biete Ihnen meine Freundschaft, Kyle!«

Banning ergriff seine Hand. Ungläubig murmelte er: »Sie wollen mich also nicht töten? Nicht einmal zur Erde zurückschicken?«

»Die Erde!« Jommor zuckte die Achseln. »Vielleicht werden wir alle eines Tages zur Erde gehen, um sie in unseren galaktischen Bund aufzunehmen. Aber Ihre Heimat sind die Sterne, Kyle, genau wie die unsere. Und ich weiß, daß Tharanya Sie eines Tages neben sich auf den Thron erheben wird, um den Sie beide so lange gerungen haben.«

Tharanya sagte nichts, aber sie legte ihre Hand auf Bannings Arm.

Sie waren kein Liebespaar. Sie waren Fremde, denn er war nicht der Mann, den sie einst geliebt hatte. Aber vielleicht würde der neue Mensch, Banning-Valkan, ihre Liebe gewinnen, die der frühere Valkan achtlos fortgeworfen hatte.

Wie fern waren die Jahre, die er auf der Erde verbracht hatte! Diese Jahre hatten ihn geformt, und nicht zum Schlechten.

Aber seine Heimat lag zwischen den Sternen, wo er geboren war.

FLETCHER PRATT
Komet der Verwandlung (3213)

ERIC FRANK RUSSELL
Gedanken-Vampire (2906)
Der Stich der Wespe (2965)
So gut wie tot (3007)
Vergangenheit mal 2 (3055)

JAMES H. SCHMITZ
Dämonenbrut (3022)
Das PSI-Spiel (3061)
Welt im Würgegriff (3110)

RICHARD S. SHAVER
Zauberbann der Venus (2944)
Titans Tochter (3196)

BART SOMERS
Zeitbombe Galaxis (2872)
Welten am Abgrund (2893)

L. SPRAGUE DE CAMP
Der Turm von Zanid (2952)
Der Raub von Zeï (2977)
Die Rettung von Zeï (3000)
Thalia – Gefangene des
Olymp (3038)

L. SPRAGUE DE CAMP /
FLETCHER PRATT
Im Bann der
Mathe-Magie (3068)

JAMES SUTHERLAND
Signale aus dem Kosmos (3154)

JEFF SUTTON
Sprungbrett ins Weltall (2865)

E. C. TUBB
Freiheit ohne Schranken (3369)

WILSON TUCKER
Die letzten der
Unsterblichen (2959)
Die Unheilbaren (2981)
Geheimwaffe Mensch (3030)
Zeit-Bombe (3140)

JACK VANCE
Planet der Ausgestoßenen
(3256)
Die Stadt der Khasch (3357)

MANLY W. WELLMANN
Insel der Tyrannen (2876)
Invasion von der Eiswelt (2898)

JAMES WHITE
Die Weltraum-Mediziner (3331)
Kampf der Weltraum-Mediziner
(3396)

ROBERT MOORE WILLIAMS
Zukunft in falschen
Händen (2882)

ein Ullstein Buch